btb
Aus Freude am Lesen

btb

Buch

»Das Regenkind« erzählt die aufwühlende Geschichte der jungen Marie, die ein wurzelloses Leben führt, immer auf der Reise, unterwegs in Nirgendwo: Von Kindheit an hat sich die junge Frau mehr oder weniger verstoßen gefühlt; als sie erwachsen ist, können Mutter und Tochter kaum miteinander reden. Erst als es Marie gelingt, sich von ihrer dominanten Mutter zu lösen, sind echte Beziehungen möglich, gewinnt das Leben unvermutet an Farbe, gewinnt ihre Sehnsucht nach Liebe und einem geglückten Leben die Oberhand.

Autorin

Merethe Lindstrøm, 1963 in Bergen geboren, gilt als große literarische Hoffnung Norwegens. Sie ist vielfach preisgekrönt. *»Das Regenkind«* ist ihr zweiter Roman, der auf Deutsch erscheint.

Merethe Lindstrøm bei btb

Die Insel des Schweigens. Roman (72438)

Merethe Lindstrøm

Das Regenkind

Roman

Aus dem Norwegischen
von Günther Frauenlob

btb

Die norwegische Originalausgabe
erschien 1992 unter dem Titel »Regnbarnas rike«
bei H. Aschehoug & Co., Oslo

Umwelthinweis:
Alle bedruckten Materialien dieses Taschenbuches
sind chlorfrei und umweltschonend.

btb Taschenbücher erscheinen im Goldmann Verlag,
einem Unternehmen der Verlagsgruppe Random House

1. Auflage
Deutsche Erstveröffentlichung August 2002

Umschlaggestaltung: Design Team München
Umschlagfoto: Premium/Brandenburg
Satz: IBV Satz- und Datentechnik GmbH, Berlin
RK · Herstellung: Augustin Wiesbeck
Made in Germany
ISBN 3-442-72964-5
www.btb-verlag.de

FÜR DAVID ARMAS

Ich schreibe eine Karte an Mutter. Ich schreibe sie aus einem Hotelzimmer irgendwo unterwegs, mit Staub in den Haaren und schmutzigen Händen. Ich trinke Cola ohne Kohlensäure. Auf der Karte ist eine Stripteasetänzerin – ich weiß, was Mutter sagen wird. Sie hat mir geschrieben, und ich habe brav alles gelesen. Wie üblich. Das ist fast wie an diesem großen Dunkel zu saugen, fest verbunden über die Nabelschnur – wie ihrer Stimme zu lauschen aus der Tiefe der roten Gebärmutter, ihren Einfällen ausgeliefert.

Die alte eiserne Gazelle hat sich in den Kopf gesetzt, mich zu treffen. Erstaunlich – nach unserer letzten, missglückten Begegnung hatte ich nicht so bald mit einer Einladung nach Hause gerechnet. Manchmal weiß ich ganz genau, warum ich durch andere Städte fahre, in fremde Länder. Ich glaube, auch sie weiß es. Heute kommt ihr üblicher Alle-zwei-Wochen-Brief, postlagernd. Sie erzählt mir, dass in ihrer Welt alles in Ordnung ist. Auch sie reist viel, hat meinen letzten Brief sicher nicht gekriegt. Bestimmt liegt der irgendwo, ungeöffnet, in seinem bleichen Umschlag, nicht einmal holzfrei. Vielleicht hat sie ihn auch bekommen, aber nicht geöffnet.

Weiß Gott, was du zur Zeit machst, schreibt Mutter in ihrem Brief. Ich glaube aber nicht, dass sie es wirklich wissen will. Mutter hat Erfolg in ihrem Beruf als Schauspielerin. Wie oft hat sie mir erzählt, dass niemand etwas geschenkt bekommt.

Ich verliebe mich nicht mehr – ich schreibe Mutter Karten. Es ist eine ganze Weile her, dass ich das letzte Mal mit einem im Bett war. Ich stolpere immer, unmittelbar bevor es passieren soll, stolpere ich immer, nicht so, dass man es sehen könnte – ich kann einen kleinen bitteren Orgasmus simulieren; Männer mögen das. Sie lieben es, wenn du einen schönen Nacken hast und eine Scheide, tief wie ein See des Vergessens. Ich frage mich, was Mutter jetzt gerade macht – vielleicht ist sie nach einer Vorstellung in einem Hotelzimmer, sucht meinen letzten Brief heraus und sieht bestätigt, dass es meine Handschrift ist. Gerade erst hat sie eine große Tasse heißes Wasser aufs Zimmer gebracht bekommen, die sie auf den Tisch stellt; sie drapiert sich selbst im Stuhl, trägt dieses indonesische Batikkleid, und massiert sich wie immer, wenn sie etwas nicht versteht, die eine Schläfe. Rachmaninow aus dem Kassettenrekorder. Ann hört nach jeder Vorstellung Rachmaninow.

Natürlich erkennt sie meine Handschrift, auch wenn ich sie manchmal verstelle, weil ich sie in Verdacht habe, meine Briefe nicht zu öffnen. Mein letzter Brief aber hatte einen Absender auf der Rückseite: Marie. Sie hat mich nach ihrer eigenen Mutter benannt, vielleicht in der Hoffnung, keine allzu große Überraschung zu erleben.

Sie öffnet also diesen Brief – sie reißt ihn nicht auf. Mutter würde nie einen Brief aufreißen. Sie selbst schreibt nur auf Recyclingpapier. Das Papier dieses Briefes ist viel zu weiß und er ist unachtsam zusammengefaltet – als ob ein Kind etwas gemalt und in einen Umschlag gestopft hätte. Es wäre ihr sicher lieber gewesen, eine von meinen üblichen Postkarten zu bekommen. Geduldig faltet sie das Papier auseinander und lehnt sich zurück, ohne jedoch dabei zusammenzusinken. Mutter sitzt immer gerade. Sie trinkt gekochtes Wasser und liest den Brief von ihrer verlorenen Tochter.

Nachts liegt Mutter in ihrem frisch gemachten Hotelbett. Das gekochte Wasser fängt den Staub in der Tasse neben dem Brief ein. Sie hat ihn gelesen und wird ihn nicht noch einmal lesen. Sie liegt auf dem Rücken in ihrem riesigen Bett, wie in einem Boot aufs Meer hinausgetrieben, kein Land in Sicht. Das Bett schaukelt auf den Spitzen der dunklen, klammen Nacht, und jetzt ist sie wirklich allein. Wolltest du nicht genau das, Mama? Doch das Bild trifft es nicht, sie kommt zurecht. Ich habe den Verdacht, dass Mutter nur in den Teilen des Raumes allein ist, in denen sie ihr eigenes Spiegelbild nicht sehen kann. Sie verschlingt wohl jede ihrer Bewegungen, schweift unter den gewöhnlichen Sterblichen umher, küsst ein paar Männer, stellt ein paar Schecks aus und kotzt jeden dreizehnten Tag etwas für mich aus, wenn ich gegossen und ein bisschen gedüngt werden muss. *Liebling, wir schreiben dir heute aus Brüssel, es regnet und wir sind wohl gezwungen, uns so etwas Profanes wie einen Regenschirm zu kaufen,* und zum Schluss: *Du weißt, dass wir dich vermissen, kleine Freundin.* Wen vermisst du, Bienenkönigin, wenn du dich selbst nicht sehen kannst, wenn es dunkel ist und dein Bett in dem Teil des Raumes steht, von dem aus das Spiegelbild nicht sichtbar ist?

Reiß dich zusammen, Fräulein Plattfuß, würde Mutter sagen. Und natürlich hat sie Recht. Mutter hat immer Recht.

»Was machst du in Berlin?«, fragte sie, als ich in dieser Stadt wohnte und regelmäßig mit ihr telefonierte. »Komm nach Hause, es gibt sicher bessere Möglichkeiten, seine Zeit zu verschwenden.«

»Ich komme wieder, wenn meine Aufenthaltsgenehmigung abläuft«, sagte ich.

»Glaubst du wirklich, ich weiß das nicht?«, sagte sie. »Du hast doch nie eine Aufenthaltsgenehmigung gehabt. Ich bin nicht dumm, Marie.«

Ich hatte eine mittelmäßige Kindheit. Mutter war im Theater, sie ließ kleine Zettel mit kurzen Nachrichten für mich zurück, ein Vorgeschmack auf die Briefe und Postkarten, die später folgten; ich war in meinem Zimmer und lernte alle Wege auswendig. Ich hatte zu große Füße, spitze Knie und bekam einen Silberdraht über die Zähne gespannt, über mein Lächeln, meinem größten Aktivposten, wie Ann es nannte. »Natürlich muss sie das auch noch kaputtmachen«, sagte sie, als ich mit der Spange nach Hause kam. »Kaum sehen sie etwas Schönes, stürzen sie sich auch schon mit ihren Metallgestellen darauf, normalisieren es und passen es der Masse an. Das ist das wahre Gesicht der Sozialdemokratie.«

Zwischen ihren Proben schrieb sie einen Brief an den Schulzahnarzt, beklagte sich über die falsche Behandlung und bedrohte und beschimpfte den armen Mann. Doch er blieb bei seiner Meinung. »Das wundert mich nicht im Geringsten«, sagte sie später, »der Mann ist vom System gekauft.«

Ich habe keine Ahnung, was *er* über sie dachte.

Die mächtige Sibylle – sie war eine Heldin im diktatorischen Reich der Plattfüße und Sommersprossen, sie setzte sich zur Wehr, kämpfte einen erbitterten Kampf gegen das Familienalbum, riss die hässlichen Bilder entzwei, schnitt die akzeptablen zurecht und retuschierte sie; auf den Klassenfotos trage ich nie eine Spange, ich habe immer dieses unbestimmte, zahnlose Lächeln mit den aufgemalten Lippen.

Mutter will sich nur mit schönen Menschen umgeben, keine Tiere essen und eine freie Seele haben.

Ich erinnere mich an alles. Ich bin sieben Jahre, sehe aber älter aus, ich sehe immer älter aus, und gehe auf die kombinierte Ballett- und Tanzschule. Es ist Anns Idee, ich hasse es. Die steifen kleinen Mädchen aufgereiht vor der Spiegelwand, die straffe, jungfräuliche Grimasse, die sie nach Anweisung der Tanzlehrerin, Frau Eberson, aufgesetzt haben; sie alle sehen wie alte Frauen aus. Alle wollen ihr Liebling sein. Sie hasst und liebt uns der Reihe nach. Bei mir findet sie keine mildernden Umstände. Ich bin nicht nur zu ungelenk, sondern auch schüchtern, eine unverzeihbare Sünde bei Frau Eberson, die das als Trotz bezeichnet. Für die Elternvorstellung sollen wir ein kleines Ballett aufführen, genannt, *Das Reich der Sonnenkinder.* Frau Eberson erklärt voller Pathos: »Es gibt zweierlei Sorten Kinder, Regenkinder und Sonnenkinder. Sonnenkinder sind immer lieb. Sie haben runde, freundliche Gesichter und streiten sich nicht, sondern sind hilfsbereit untereinander. Sie tanzen die ganze Zeit über glücklich herum.«

Mit sicherem Spitzentanz illustriert sie das und ihr schwarzes Kleidchen hebt sich etwas über ihr rotes Trikot, so dass ich ihre harten Kniescheiben sehen kann. Über ihrem rechten Knie ist ein kleiner Riss in dem elastischen Stoff. Anschließend werden all die nach vorne gewunken, die als Sonnenkinder auserwählt sind. Sie trippeln vor und stellen sich in eine Reihe, *Meine leuchtenden Kerzen,* sagt Frau Eberson, sie werden rund wie Sonnen sein, mit roten Wangen und gelben Kleidern. Die Regenkinder stellen die Regentropfen dar, ihnen werden Tränen auf die Haut gemalt. »Regenkinder weinen oft«, wird uns erklärt, »sie schreien gerne und lieben nur das eine Wort: nein.«

Alle wissen, dass das eine dümmliche Zuordnung ist, sehnen sich aber trotzdem danach, ihren Namen zu hören, um aus der langen Reihe der missglückten Mittelmäßigkeit treten zu dürfen, der Reihe mit körperlichen Gebrechen und Fehlern, derer wir uns alle bewusst sind, auch wenn sie uns niemand zeigen kann. Irgendwie haben die Nicht-Erwählten es verdient, in dieser langen Reihe zu stehen, doch es ist unmöglich zu wissen, warum. Nur Frau Eberson weiß das.

Ich werde nicht zu den Sonnenkindern gerufen, die die meiste Zeit tanzen sollen, während die Regenkinder nur einmal zwischendurch auf die Bühne kommen. Hoffentlich darf ich wenigstens eine der bunten Blumen sein, auf die die Sonnenkinder herabscheinen. Doch als die letzten Rollen verteilt werden, werde ich zu den Regenkindern gerufen.

»Dazu habe ich keine Lust«, sage ich Ann, als ich vom Ballett nach Hause komme.

»Unsinn«, antwortet sie, »natürlich machst du mit. Sonst fragen dich alle, warum. Und was willst du dann als Entschuldigung vorbringen? Du wirst dich lächerlich machen.«

Ich beuge mich und nehme an den wöchentlichen Übungen teil, die Zeit vergeht, und an dem Tag, an dem die Vorstellung stattfinden soll, komme ich gemeinsam mit Ann in der Tanzschule an. Immer mehr Eltern füllen den Saal. Frau Eberson rennt herum, gibt ihren Lieblingsschülerinnen Anweisungen und versucht kopfschüttelnd die Fehler zu übertünchen, mit denen der Rest von uns, wie sie weiß, ihre brillante, kleine Vorstellung belasten wird. Sie sagt nichts. Es ist die Art, wie sie uns anfasst, ihr Kopfschütteln, ihr weinerliches Klagen, als sie uns die Regenkostüme überstreift. Ihre älteren Schülerinnen helfen ihr – Frau Ebersons kleine, tüchtige Lieblingszöglinge, die mit ihren Sicherheitsnadeln zustechen und ein bisschen kratzen beim Schließen der Knopflöcher. Ich bekomme die obligatorischen Regentropfen aufgemalt und mein Schwert ausgehändigt – alle Regenkinder tragen Schwerter, als Zeichen dafür, wie böse sie sind. Ich warte hinter der Kulisse und lausche auf mein Stichwort. Als es kommt, bin ich bereit. Ich bin ein fantastisches Regenkind. Stehe im Hintergrund und sehe trotzig aus, ich schreie, haue mit meinem Styroporschwert auf die dämlichen Sonnenkinder ein und habe gewaltigen Erfolg. Die idiotischen Sonnenkinder hüpfen auf ihren Zehenspitzen herum, während ihr Sonnenlächeln unter meinem tyrannischen *nein!* verblasst.

Ann lacht anschließend darüber. »Es ist dir gelungen, sie fertig zu machen«, sagte sie, »das habe ich dir doch gesagt.«

Tanzen war nichts für mich, ich war mittelmäßig, bis ich schließlich als Fünfzehnjährige aufhörte. Ann war die Königin, Frau Perfekt. Ich hingegen war zu ertragen, Fräulein Mittelmäßig. Aber das könnte sich ja ändern. Ich war nicht perfekt, allerdings war da immer eine gewisse Möglichkeit, es zu werden. Die Diskussionen, die sie mit ihrer eigenen Mutter hatte. Ann als die Tochter einer anderen, all das Gezeter über nicht genutzte Möglichkeiten. Ihre Mutter war Tänzerin. Sie konnte Ann nicht verzeihen, dass sie den Bühnentanz aufgegeben hatte.

»Du hättest auf den größten Bühnen tanzen können, Ann«, sagte sie oft. Über Jahre hinweg haben sie darüber gestritten.

»Ich stehe auf den größten Bühnen, Mutter«, sagte sie, »ist dir das noch nicht aufgefallen?«

»Aber du tanzt nicht, oder? Und bist du glücklich? Du

hast ja nicht einmal einen ordentlichen Mann, der sich um dich kümmert!«

»Den hattest du auch nie, Mutter.«

Die ältere Frau schüttelt den Kopf über ihre Tochter.

»Du hättest auf mich hören sollen«, sagt sie, »sieh doch nur, wo du gelandet bist. Dein erster Fehler war dieses Kind, und jetzt bist du im Begriff, den zweiten zu machen, nämlich so zu tun, als hättest du es *nicht*.«

Aber es ist lange her, dass sie zuletzt gestritten haben. Mutters Mutter vermag sich nicht mehr richtig zu erinnern. Sie hat den Pfad der Details und der Vernunft, den sie durch ihr Leben gezogen hatte, verlassen, und befindet sich jetzt in einem Durcheinander von Abwegen ohne Anfang und Ende. Manchmal gelingt es ihr, noch eine richtige Fährte zu finden und ihr ein wenig zu folgen. Dann erinnert sie sich und es ist nicht leicht zu wissen, ob sie ernst meint was sie sagt, oder nicht. Ann besucht sie, die alte Dame schimpft und flucht, doch sie ist hilflos, sie kann nichts tun.

»Ich bin nicht wirklich alt«, sagte sie einmal, als ich bei ihr in dem Altenheim war, in dem sie jetzt wohnt, »es darf nur keiner merken.«

Sie warf einen Blick durch die frisch geputzten Fenster, die aus unsichtbarem Glas zu bestehen schienen. Der lächerlich schöne Park draußen sah aus, als hätte man ihn direkt auf die Wand gemalt.

»Wenn ich nicht so tue, als ob, sind sie gleich hinter mir her. Sie wollen mich als Prima Ballerina. Sie wollen, dass ich mit *ihm* tanze.«

»Ihm?«

»Nijinsky«, sagte sie mit ärgerlicher Stimme, »aber ich sage dir etwas, ich habe diesen Mann noch nie gemocht!«

Sie beugte sich zu mir vor und flüsterte: »Ich glaube, *der ist vom andern Ufer*. Du weißt, was ich meine.«

Als ich gerade meinen ersten Freund hatte, Michael, habe ich ihn zu ihr mitgenommen. Sie saß mit einer sauberen Schürze auf dem Flur des Heims und erwartete uns. Damals hatte sie noch einen klaren Kopf.

»Ist er beim Militär?«, fragte sie und betrachtete Michaels kahl geschorenen Kopf und seine Springerstiefel, als er sich entfernte, um von einem Servierwagen, etwas weiter weg auf dem Flur, einen Becher Saft zu holen.

»Nicht, dass ich wüsste«, sagte ich.

Sie nickte. »Er ist hübsch. Wenn du nur weißt, was du mit ihm willst. Deine Mutter wusste nie, was sie mit deinem Vater anfangen sollte. Das war der ganze Fehler.«

Ich sah Michael nach, betrachtete seinen schwankenden Gang, als sei er sich nicht sicher, ob er weitergehen oder einen Abstecher zur Seite machen sollte. Er beugte sich über den Wagen und goss roten Saft aus einer Kanne in einen Plastikbecher. Erst wenige Tage zuvor hatte ich ihn Ann vorgestellt.

Ich hatte meinen Kopf rasiert, die Spange von den Zähnen entfernt und Michael mit nach Hause genommen, um der Sibylle entgegenzutreten. Wir fuhren mit seinem Motorrad zu ihr. Mutter öffnete die Tür, noch ehe ich sie aufschließen konnte. Erst fiel ihr Blick auf Michael, dann auf mich. »Was hast du mit deinen Haaren gemacht?«, fragte sie.

»Das ist Michael«, sagte ich. »Michael, das ist Ann.«

Ich weiß, dass sie erstarrte bei seinem Anblick, sie konnte das nicht verbergen, ich sah, wie sie uns beobachtete.

»Ich versteh ja, dass du ihn magst«, sagte sie später einmal, »aber ich bin mir nicht sicher, ob du dir über die Konsequenzen bewusst bist?«

»Konsequenzen?«

Mutter schüttelte den Kopf.

»Der wird es irgendwann nicht mehr packen«, sagte sie.

Im Sommer fahre ich nach Süden und treffe verflossene Lover, die sagen, wir hätten eine schöne Zeit gehabt, damals. Im Winter geht's dann wieder nach Norden. Ich besuche Freunde und verlasse sie wieder, ehe alles zu kompliziert wird, wohne unterwegs in dreckigen Hotelzimmern und kaufe die Karten für Mutter an Kiosken oder Tankstellen entlang der Straße. In den Städten gibt es kleine würfelförmige Buden mit alten Männern, Frauen oder Kaugummi kauenden Mädchen mit krankhaft blutroten Fingernägeln. Sie haben Druckerschwärze an den Fingern, hängen über den Tresen und reden mit jemandem im Hinterzimmer. »Ich möchte eine Postkarte«, sage ich. Bestimmt glauben sie alle, die sei für einen Geliebten. Sie nicken und deuten und schlagen mir vor, welche ich nehmen soll. Gebirge oder weite Ebenen, Flaggen in blassen Farben, schwarz-weiße, halb pornografische oder altmodische mit rundlichen Mädchen in Badeanzügen, Geburtstagskarten mit obszönen Botschaften in der Mitte, Eulen und dreidimensionalen Damhirschen. Verblichene Farben aus den sechziger Jahren. Die Karten stecken in kalten Metallständern und sind bei Regen von schmutzigem Plastik bedeckt. Ich wähle sie nach ihrem Symbolwert aus. Wenn sie sie schon nicht liest, soll sie wenigstens spüren, dass ihre Befürchtungen wohl bestätigt würden, wenn sie es täte.

Nach Berlin fahre ich, um ein paar meiner Sachen bei einem früheren Freund, Adrian, abzuholen. Ich schlafe in Adrians Bett und höre seine Platten. In einem von Mutters längeren Briefen drückt sie ihre Bekümmerung darüber aus, dass ich ihn noch immer treffe. Für gewöhnlich tituliert sie meine Freunde als »der da« – »ach der mit den roten Haaren«, »der mit der interessanten Nase«. Wenn ich mich richtig erinnere, war Adrian »der mit den unzuverlässigen Augen«. Ich treffe ihn nicht mehr so oft, ich denke nicht an ihn. Aber Mutter nimmt das an. Sie fragt sich, was wir treiben. Adrian mit seinen Augen. Adrian mit seinen herzförmigen Hoden. Mutter hat keine Ahnung. Adrian mit dem deutschen Akzent und dem Klümpchen Hasch im Mund, wenn wir über die Grenze fahren. In den Jahren, in denen wir zusammen waren, haben wir das oft gemacht. Einmal haben sie unser Auto am Grenzübergang gefilzt, sie haben all unsere Sachen durchsucht, während wir danebenstanden. Adrian stand stumm da mit weit aufgerissenen Augen. Wir wollten fort, irgendwohin, von wo man nicht notwendigerweise zurückkommen musste. Doch wohin wir auch kamen – es war nie so, wie wir es uns vorgestellt hatten. Ich liebe ihn nicht mehr, doch mein Körper will das nicht glauben. Es ist lange her, dass wir zusammenwohnten, doch es fehlt nicht viel, um wieder in alte Gewohnheiten zu verfallen.

Er umarmt mich im Bett, doch ich bin ganz steif.

»Ich kann das nicht«, sage ich.

Er dreht sich um. Reibt sich an mir. Das Bettzeug riecht nach fremdem Schweiß, fremdem Parfum, fremdem Sex. Fremden Mädchen. Doch ich will nicht wissen, wie sie heißen. Ich will nichts davon wissen.

»Warum muss das denn kompliziert sein?«

»Weil es nicht einfach *ist*, Adrian«, antworte ich.

»Man muss es doch bloß wollen«, sagt er und streicht mir über die Haare, »wir können uns ab und an treffen, durch die Stadt ziehen, wenn wir Lust haben, schön zu Abend essen und sonntags vormittags miteinander schlafen.«

»Und alt werden?«

»Was willst du, Marie? Ich bin, verdammt noch mal

kein Hemd, dass du jeden Morgen anziehen und dann abends einfach wieder ausziehen kannst!«

Jetzt ist er aufgestanden, er hebt die Kissen auf, die er zu Boden geschmissen hat, und legt sie wieder aufs Bett. Kurz darauf schläft er, das Gesicht zur Wand gedreht.

Adrian schläft immer mit offenen Augen, das hat etwas Erschreckendes. Einmal habe ich ihn geschüttelt, bis er aufgewacht ist.

»Was hast du denn geglaubt?«, fragte er. »Du musst verdammt ängstlich sein.«

Ich wusste nicht, was ich geglaubt hatte. Da war einfach etwas in seinem Blick.

Ich kann nicht schlafen, und da ich schon mal in Berlin bin, rufe ich meinen Vater an. Ich habe ein Buch, in dem sein Name steht. Die Nummer steht unter C – wie Charmanter Samenspender. Ich tippe die Ziffern ins schnurlose Telefon ein – lauter gerade Zahlen – sogar seine Telefonnummer ist kleidsam. Ann würde es nicht mögen, dass ich ihn anrufe, doch ich habe meine Gründe. Es vergeht eine Weile, ehe jemand abnimmt, es ist jedoch nicht seine Stimme, die ich schließlich höre. Ich bitte darum, mit ihm sprechen zu können, eine Pause entsteht, und ich höre entfernte Stimmen, während jemand die Hand auf den Hörer legt. Gedämpftes Gemurmel. Und schließlich seine Stimme, schläfrig.

»Hallo Marie? Kaum zu glauben, dass du anrufst.«

Ich sehe ihn vor mir, er hält den Hörer mit der linken Hand, in der rechten eine Zigarette oder einen Stift, mit dem er eine Zeichnung kritzelt. Vor vielen Jahren habe ich diese Zeichnungen immer bekommen.

Ich will auflegen, als er sagt: »Leg nicht auf, Marie. Leg nicht auf, wenn du dich schon einmal entschlossen hast, anzurufen.«

»Können wir uns treffen?«, frage ich. Einen Augenblick lang wird es still. Im Hof schräg gegenüber fegt eine Frau in den Vierzigern den Boden. Sie hat sich mit Handfeger und Kehrblech hingekniet – das alles ist so klein, dass es zu einem Puppenhaus gehören könnte. Jetzt erhebt sie sich und betrachtet das Kehrblech.

»Morgen«, sagt er, »treffen wir uns im Mitropa.«

Wir reden noch ein bisschen, und ehe ich auflege, fragt er: »Wie geht's der guten alten Spardame?«

»Ich weiß nicht«, sage ich. »Ich rufe sie nicht so oft an.«

Ich treffe meinen Vater im Café Mitropa. Es ist fünf Uhr nachmittags. Im Café ist es still, nur die übliche hippe Kundschaft, die nie nach Hause geht. William ist frisch rasiert und riecht nach Fahrenheit, Eau de Cologne. Er sieht gut aus, bekommt langsam graue Haare, doch das lässt ihn nicht alt wirken – eher könnte man meinen, er hätte sich ein paar graue Strähnchen machen lassen, damit seine Frisur besser zum Schlips passt. Vielleicht verhält es sich ja auch so. Ich bestelle ein Bier, und er nimmt das Gleiche. Wir unterhalten uns, als hätten wir uns erst vor kurzem gesehen, dabei ist es bald zwei Jahre her. Er erzählt von seiner Arbeit – er ist Bühnenbildner an einem größeren Theater – und dass er glaubt, langsam zum Buddhisten zu werden. Ich will nichts davon wissen, will seine Meinung über das Leben nicht hören, brauche nicht zu erfahren, wovor er sich fürchtet und was er braucht – doch ich tue so, als wäre ich interessiert. Ich erinnere mich zum Beispiel daran, wie er das Haus von den bösen Schwingungen reinigte. Kernseife und eine Art Pendel, das man durch die Luft schwingen musste, um sicher vor der Vergangenheit geschützt zu sein, die in all den Jahrzehnten von all den anderen Bewohnern zurückgelassen worden war. Sie wurden alle zusammen durch die Tür gejagt. Hinaus mit dem

Unrat und herein mit den guten Schwingungen. Diese Anwendung kostete ihn ein Vermögen. Ich frage ihn nach seinem Auto, einem alten Jaguar. Er liebt es, über sein Auto zu sprechen, doch jetzt sieht er nachdenklich aus. Er sagt, über alles nachdenken zu müssen.

»Über das Auto?«, frage ich.

»Oh«, sagt er, »meinst du, ein Buddhist sollte kein Auto haben?«

»Nein, darum geht's nicht«, sage ich, »ich fragte mich nur, was es ändern würde ... wenn man Buddhist wäre.«

»Hier nichts, vielleicht – aber ich denke darüber nach, mir ein paar Tage frei zu nehmen, nach Hause zu reisen, und ...«

Drei Frauen mit dicken Taschen kommen herein. Sie sehen nicht wie gewöhnliche Gäste des Cafés Mitropa aus. Sie bestellen Kaffee und beginnen sich im Saal umzusehen, nachdem sie einen Tisch gefunden und es sich dort bequem gemacht haben. Sie scheinen einen Ausflug an irgendeinen exotischen Ort geplant zu haben. Vielleicht sind sie die Delikatessabteilung des KaDeWe ganz einfach leid.

»Ich hab Eddie schon eine ganze Weile nicht mehr gesehen«, sagt William.

»War er das nicht, am Telefon, als ich angerufen habe?«

»Das war Robin«, sagt Vater, »ich wohne jetzt mit Robin zusammen.«

Er wird einen Augenblick still, lässt seinen Blick durch das Lokal schweifen. Eine der drei Frauen reckt den Hals. Ich weiß nicht, was ich sagen soll. Ich habe Eddie nie sonderlich gemocht.

»Ich gehe davon aus, dass du Geld brauchst«, sagt Vater.

Mutter sagt, dass ich immer so aussehe, als bräuchte ich Geld. »Es ist nicht gut, so auszusehen, als ob man die ganze Zeit Geld bräuchte, Marie. Du weißt nicht, in was für schwierige Situationen du dich damit bringen kannst.«

Doch, ich weiß, was auf mich zukommen kann. Es ist Mutter, die davon keine Ahnung hat. Was hätte ich ihr nicht alles sagen können, dieser alten eisernen Gazelle, was hätte ich ihr nicht alles erzählen können? Das Müsli wäre ihr vor Schreck im Hals stecken geblieben, und ihre kleine, kuschelige Welt wäre zum reinsten Tohuwabohu geworden.

Ich weiß nicht mehr, ob ich Mutter von Raul erzählt habe, vielleicht gibt es ihn irgendwo in einem ungeöffneten Brief oder sonst irgendwo. Raul ist ein typisches Beispiel für einen muskelstrotzenden Kraftprotz mit glattrasiertem Kopf, römischer Nase, einer schwachen Andeutung von Fitnessstudio und der einen oder anderen sympathischen, asiatischen Kampfsportart unter seiner Designer-Lederjacke.

»Warum lässt du mich nie an dich heran?«, pflegte Raul zu sagen. Was er meinte war: »Warum lässt du mich nie in dein Bett?«

Wir reisten viel damals. Zusammen oder alleine. Erster Klasse. Mit der richtigen Bekleidung für den jeweiligen Anlass, *einen lieben Freund von zu Hause abholen,* nannte Raul das. Bei ihm hörte es sich fast an wie eine Art Sozialarbeit. Die Reisen verliefen nach einem einfachen Prinzip. Wir sahen den Himmel über fernen Ländern, holten den Stoff und kamen gut gebräunt wieder zurück. Zu Hause lieferten wir die Ware an verschiedene Menschen in verschiedenen Städten, niemand stellte Fragen oder scherte sich um irgendetwas. Das letzte Mal reisten wir gemeinsam nach Ankara, wohnten in einer Herberge ohne Türen, einer alten Hippie-Kolonie mit langen, bunten Vorhängen vor den Eingängen. Raul war die ganze Zeit über krank, er sagte, es sei die Wärme und das Schnarren der Insekten, die über den Fußboden huschten. Ich konnte sie nicht sehen, aber sie waren da. Ich wollte einen Arzt holen. *Keinen verdammten Doktor, du hast ja keine Ahnung, was diese Schweine anrichten können. Was glaubst du, wo du bist?* Es war nur Fieber. Keinen Arzt. Ein fünfzehnjähriges Mädchen, das Raul ›Seinen Schmetterling‹ nannte, lieferte den Stoff in einem Spielkoffer, wie ihn die Kinder haben, mit Herzen und Flugzeugaufklebern. Während der Nacht hörte ich die zwei im Raum nebenan, ein Rhythmus, der sich im ganzen Haus verbreitete. Ich tauchte die Handtücher ins Wasser, wrang sie aus, legte sie mir über die Schultern und setzte mich draußen auf die Treppe. Ein schwacher Wind ließ die Handtücher kühl wirken. Und ich weiß noch, dass ich dachte: *Es kommt nur darauf an, es zu wollen.*

Raul erbrach sich auf dem Rückflug von Ankara, er umklammerte sein Wasserglas und sagte, wir würden alle vor die Hunde gehen. Der Abflug hatte sich um viele Stunden verzögert, und ich hatte mir bereits einige der Passagiere gemerkt. Ein paar deutsche Frauen mit schwarzen, muslimischen Kopftüchern, ein paar anonyme Geschäftsleute, die unmöglich so steif sein konnten, wie ihre Anzüge es vermuten ließen, und ein Amerikaner mit einem *Come to Jesus*-Aufkleber auf seiner Aktentasche. Raul meinte, es sollte verboten werden, solche Botschaften mit in ein Flugzeug zu nehmen.

»Alles geht gut, Raul«, sagte ich, »beruhig dich.«

Er schüttelte den Kopf, trank sein Wasser und starrte aus dem Fenster in die Wolken. Neben mir war ein leerer Sitz und auf der anderen Seite des Mittelganges saß ein leger angezogener Kerl Ende vierzig. Er hatte die Augen geschlossen und hielt einen Walkman in der Hand. Ich konnte nicht sagen, warum – aber er beunruhigte mich. Einmal sah ich zu ihm hinüber und genau in diesem Moment öffnete er die Augen und erwiderte meinen Blick. Langsam und ohne seinen Kopf zu bewegen, glitt sein Blick hinter oder besser neben mich, ehe er sich wieder zurücklehnte und die Augen schloss. Er hatte seine Hände um den Walkman gefaltet. Breite Finger und säuberlich, fast eckig zurechtgeschnittene Nägel.

Ich versuchte ein Buch zu lesen, sah mir den Film an, der gezeigt wurde, ein lähmender, amerikanischer Actionstreifen. Die zwei muslimischen Frauen vor uns holten Fotografien heraus, die sie herumreichten; ich konnte Männer und Kinder erkennen, Kuscheltiere und rote, samtene Sofaecken, während Raul, den Arm über den Augen, schlief, als versuchte er sich gegen einen kommenden Angriff zu schützen. Ich schob seine andere Hand aus meinem Schoß, ehe ich aufstand, um auf die Toilette zu gehen.

Der Mann auf der anderen Seite des Mittelganges hatte während der letzten Viertelstunde unbeweglich dagesessen, doch als ich aufstand, blickte er auf. Braune Augen, wie die von Pferden. Schön. Nicht gleichgültig, aber auch nicht neugierig. Sein Blick scannte mich wie eine uninteressante, aber doch nicht bedeutungslose Aussicht, bevor er mich entließ und wieder seine gewohnte Stellung mit gefalteten Händen einnahm. Ich sperrte mich in dem engen Verschlag ein, stand da und schmierte mir zehn Minuten lang Lippenstift auf meinen Mund. Raul sagte immer, Lippenstift sei eine Art Signal auf diesen Reisen. Lippenstift, eine einfache Frisur und schöne, neutrale Kleidung. Niemals irgendwelche obszönen Flüche. Anschließend brauchte ich weitere zehn Minuten, um das Geschmiere wegzubekommen, und als wir endlich in Berlin landeten, konnte ich mich kaum von meinem Sitz im Flugzeug erheben.

Beim Auschecken ging alles glatt, und ich trennte mich

von Raul, der ein Taxi zu einem befreundeten Arzt nahm. Auf dem Rückweg vom Flugplatz begann es erneut. Ich suchte nach diesem Gesicht – auf dem Bürgersteig außerhalb des Taxis, als wir auf Grün warteten, auf der Straße vor meinem Haus, auf der Treppe vor meiner Wohnung. Es war niemand dort, doch sogar *das* war wie eine Art Bestätigung – er würde sich viel Zeit lassen, auf den richtigen Augenblick warten. Als ich nach draußen ging, um einzukaufen, suchte ich in den Geschäften, an denen ich vorbeikam, nach seinem Gesicht, und wenn ich zum Bezahlen an die Kasse ging, war ich mir sicher, dass er irgendwo vor mir in der Schlange stand. Ich erschrak, wenn mir jemand zu lange in die Augen sah. Wenn ich in einen Bus stieg, erwartete ich ihn unter den Passagieren – mit gefalteten Händen und einem vielsagenden Lächeln. Drei Tage nachdem wir in Berlin angekommen waren, rief ich Raul an und hinterließ ihm eine Nachricht auf dem Anrufbeantworter. Er sollte möglichst bald kommen und seinen *Freund* abholen, dann schloss ich alle Fenster und schob die Möbel vor die Tür. Als Raul eine Stunde später kam, erzählte ich ihm von dem Kerl im Flugzeug, er meinte, ich sei paranoid und bräuchte eine Pause, doch ich sagte: *Raul, es ist vorbei. Schluss, ich will nichts mehr davon hören.* Und schließlich nahm er sein Päckchen und ging. Danach habe ich nichts mehr von ihm gehört, bis er mir rein zufällig ein paar Monate später über den Weg lief. Er war vollkommen verändert, dünner, seine Haare waren gewachsen. Sie waren braun und ungewaschen. Er stieg aus einem Bus, steuerte geradewegs auf mich zu und faselte etwas von einer Razzia vor ein paar Wochen. Er redete schnell und unzusammenhängend und fragte, ob ich Geld hätte. Ich gab ihm, was ich hatte – mehr als siebzig Mark.

»Wenn ich du wäre, würde ich dahin zurückkehren, wo ich hergekommen wäre«, sagte Raul, bevor er mit meinem

Geld in einem Lederbeutel um den Hals in der U-Bahn verschwand.

Aus irgendeinem Grund glaube ich, dass er es nicht verstehen würde, und so erzähle ich es Vater nicht. Er hat zwar sein Misstrauen gegenüber der Obrigkeit und der Polizei nie verborgen, doch er will einen sauberen Hintergrund haben – es müsste schon ein gesellschaftliches oder humanistisches Motiv zu Grunde liegen. Da ist es besser, es in einem Brief an Ann zu erwähnen. Sie wird kaum begeistert sein, aber wer weiß – vielleicht kann sie es für eine Rolle gebrauchen.

Wir trinken unser Bier aus, und William stellt einen Scheck aus. Die Frauen am Nachbartisch beobachten uns. Draußen nimmt William mich kurz in die Arme und sagt, ich solle mich irgendwann wieder melden. Wir bleiben noch einen Augenblick auf der Straße stehen, er ist groß und schön und damit beschäftigt, seinen Schlips, der zu seinen grauen Haaren passt, mit der einen Hand zurechtzuzupfen und mir mit der anderen auf die Schulter zu klopfen. Ich frage mich, ob er sich immer einen Sohn gewünscht hat, dem er so aufmunternd auf die Schulter klopfen könnte. Wir reden noch einen Moment, und dann trennen wir uns. Wir zögern wohl beide etwas, fragen uns, in welche Richtung der andere gehen wird, um nicht plötzlich den gleichen Weg zu haben. Das wäre unerträglich. Schließlich entschließen wir uns, in verschiedene Richtungen davonzugehen, wie zwei höfliche Fremde. Oder nur Fremde. Ich falte den Scheck zusammen, bis er so groß wie eine Briefmarke ist, und stecke ihn in den Mund.

Adrian will vögeln und beschwert sich, ich sei eine gefühllose Bettgenossin, doch ich sage ihm, dass ich nichts über mir haben will, bloß die Decke, und dass mich das alles so müde macht. Und dann enden wir wie früher in den Clubs. Zuerst gehen wir in die Turbine, dort gingen wir immer schon hin. Schwarze Wände und fünfzig Paar Augen mit unsichtbaren Pupillen. Der DJ spielt Eno – *My life in the Bush of Ghosts*; amerikanischer Radioexorzismus, die Stimme des Predigers erreicht gerade orgiastische Höhenlagen. *Jezebel, Jezebel* und eine vor Dollars knirschende Linie.

Anschließend fahren wir zu einer Party nach Lichtenrade hinaus, in die Villengegend, in der Adrian aufgewachsen ist. Ich hab keine Ahnung, wer der Gastgeber ist, und versuche nach Bekannten Ausschau zu halten, während meine Aufmerksamkeit von einem erbärmlich aussehenden Musiker gefangen genommen wird, der darauf besteht, dass wir uns schon einmal gesehen haben.

»Vielleicht in einem anderen Leben«, sage ich. Adrian redet mit einer jungen Mulattin, die an ihm klebt und deren Kleid immer kürzer wird.

Der Musiker erzählt mir, dass er Taxi fahre, um über die Runden zu kommen. Er wohne bei dem Taxieigner, was die reinste Hölle sei, und ich entschuldige mich damit, meine Tasche suchen zu müssen. In der Küche esse ich ein paar Hors d'œuvres und finde eine Tüte, um den Rest darin einzupacken. Ich lese eine Broschüre vom Body Shop, die auf dem Küchentisch liegt, *Zehn Gründe, keine Tiere zu quälen,* und plötzlich steht Adrian in der Tür und sieht mich an. Draußen im Garten hat der Taxichauffeur in den Swimmingpool gekotzt. Jetzt redet er mit einer Blondine, die mehr als bereit scheint, ihm ihr Punschglas zu leihen. Eine der Lampen, die den Swimmingpool beleuchten, ist zerbrochen. Die Mulattin sitzt in einem Liegestuhl und weint. Bei ihr sind ihre Teenagerfreundinnen und alle vier haben sie diese glitzernden, lackierten Frisuren, die sie sicher von den Modellen in der Vogue abgekupfert haben, künstliche Wimpern und den matten Hippie-Gesichtsausdruck, der wieder in Mode gekommen ist. Der Taxichauffeur winkt mir vom Rand des Pools aus zu und wirft mir einen Luftkuss herüber.

»Du bist so schrecklich ruhelos«, sagt Adrian.

Jetzt fährt er sich mit der Hand durch die Haare. Ich kenne diese Bewegung, erkenne alles wieder und wende mich ab, ich bin so müde, nur müde. »An einem Tag willst du das eine und am nächsten etwas ganz anderes. Lass dir doch Zeit. Triff die Leute, die du willst, geh dorthin, wo du hingehen willst und komm dann wieder. Warum muss bei dir immer alles so endgültig sein?«

»Weil das eben so ist.«

Er zuckt mit den Schultern und tritt ans Fenster. Die Mulattin ist aus dem Liegestuhl aufgestanden, sie wischt sich die Tränen von der Wange und zieht sich die eine Wimper ab, die sich etwas gelöst hat. Ihre Freundinnen lachen über etwas, das sie sagt.

»Alles wirkt so weit entfernt«, sagt er, »nicht bloß du und ich.«

»Ja«, sage ich.

Und jetzt finden wir keine Worte mehr. Wir haben mal in einer besetzten Wohnung in London gewohnt. Es war Ostern, also Frühling, fast Sommer, und die Wochen vergingen. Wir hatten kein Geld, die Cafés waren geschlossen, und die Luft war voller Asche und roch nach dem Klebstoff der Sniffer im Hinterhof. Adrian spielte in den leeren Räumen E-Bass, kaufte von einem alternden Hippie eine Zither und bespannte sie mit neuen Seiten. Er nannte mich Suzie Q nach dem alten Song, und zu Beginn waren wir wirklich in high love, später nur noch high. Ich wusch unsere Sachen in der Badewanne und einmal brachte ich sie in den Waschsalon an der Ecke. Dort wimmelte es von schwarzen Mädchen und Frauen. Sie saßen da, redeten miteinander und starrten auf das Fenster mit den herumschleudernden Wäschestücken wie auf einen Fernseher. »Wir müssen weg hier«, sagte ich zu Adrian, als ich zurückkam. Doch wir gingen nicht. Des Nachts liebten wir uns, ohne einander nah zu sein, er musste so tun, als kennte er mich nicht, damit es funktionierte. Er sagte, es sei zu stark. Von hinten, ohne einen Laut im Dunkeln. Er gab mir hundert Namen, Anna, Heike, Ursula. Ich hätte begreifen sollen, dass es zu spät war. Wir waren die zwei einsamsten Körper auf der Welt. Küssen war verboten.

Adrian nahm die Broschüre über die Rechte der Tiere und faltete daraus säuberlich einen Papierflieger.

»Ich weiß noch, was wir gemacht haben, als ich dreizehn war«, sagte er. »Wir haben immer miteinander telefoniert, ein Freund und ich. Jeden Nachmittag hockten wir am Telefon und lasen uns laut vor – du weißt schon – so schmutziges Zeugs, irgendwelche Sätze aus den Pornoheftchen seines Bruders. Und einmal bin ich beim Zuhören gekommen, ich hatte irgendwie das Gefühl, Stopfen in den Ohren zu haben, seine Stimme kam von ganz weit weg, wie aus unendlichem Abstand, obwohl wir nur ein paar Häuserblocks auseinander wohnten. Das war nicht gut, aber auch nicht schlecht, wie mit offenen Augen zu schlafen – manchmal erlebe ich das noch immer so. Ich brauch dafür nicht mal gedopt zu haben. Aber irgendwie ist die Welt dort draußen, während ich hier drinnen bin. Und ich bin nicht einmal sicher, ob ich daran etwas ändern will.«

Ich rufe meinen Vater noch einmal an, aber niemand nimmt das Telefon ab.

Ehe ich vor ein paar Jahren aus Berlin wegzog, rief ich meinen Vater an, und er schien sich zu freuen, von mir zu hören. Ich erzählte ihm, dass ich Probleme hätte, sprach von Adrian, doch ich sagte nichts von Raul.

»Du solltest eine Weile nach Hause fahren«, sagte er, »und verkauf deine Scheißkarre, du kannst Eddies alten Lada kriegen. Du kennst das Auto. Er will es loswerden – du würdest ihm einen Gefallen tun.«

»Danke«, sagte ich, »ich denk drüber nach.«

Er seufzte, »Ich weiß, ich hab nicht das Recht, dir zu sagen, was du zu tun hast, Marie. Aber denk wirklich darüber nach.«

Ich fühle mich plötzlich einsam, habe Lust, William anzurufen und ihn zu fragen, ob wir uns noch einmal treffen können. Ich habe Lust, ihm zu sagen, dass er ein Drecksack ist, aber trotzdem nett. Ich nehme den Hörer ab; aus dem Telefon summt es nur anonym. Ich denke an Eddies alten Lada und frage mich, wo Eddie jetzt ist. Vielleicht hat er einen jungen Lover gefunden, mit dem er zusammenlebt, vielleicht hat er sich zum letzten Mal in seinem Leben verliebt.

Adrian duscht sich morgens in seiner Wohnung. Er hat einen Lautsprecher in seinem Bad und das Radio voll aufgedreht, den amerikanischen Sender, die wöchentlichen Top Ten, er äfft die Soli mit seiner Luftgitarre nach, tut so, als stürze er nach hinten und werde von seiner Gitarre erstickt. Der immer gleiche, alte Spaß. Ich stehe in der Badezimmertür und sehe ihm zu. Er hat eine Narbe auf dem Rücken, und ich frage mich, warum ich mich nie dafür interessiert habe, woher die stammt.

»Das ist nicht witzig, Adrian.«

Er lacht bloß, hat ein unerschütterliches Selbstvertrauen, ist ein großes Kind mit einer Unzahl von Mädchennamen in seinem Adressbuch, Mütter – oder Mädels, die nur ihren Spaß wollen. Er hat einen geistesschwachen Charme, der die meisten hinters Licht führt. Ich will nichts wissen, will nichts hören. Ich schließe die Tür wieder und lege meine Kleider in einem Haufen auf Adrians Bett, hole zwei Dosen Mineralwasser aus dem Kühlschrank, meine Zahnbürste vom Küchentisch, ein Päckchen Brot und meinen Pass. Hinter dem Wohnzimmerschrank finde ich meine Reisetasche. Sie ist schon ein bisschen eingestaubt, ich werfe alles hinein und noch ein paar Dinge mehr, die ich letztes Mal vergessen habe. Ein Polaroidfoto von Adrian und mir vor dem Papageienkäfig im Tierpark, wir hatten einen tschechischen Touristen überredet, dieses Foto von uns zu machen. Adrian musste ihm zeigen, wo er abdrücken sollte, und wir waren sicher, er würde mit der Kamera abhauen. Auf dem Bild streiche ich mir die Haare aus dem Gesicht, während Adrian misstrauisch in die Kamera schaut. Die Papageien hinter uns sind rote und blaue Luftspiegelungen.

Ich stecke das Bild gemeinsam mit den Autoschlüsseln und der Bürste in die Tasche. Gerade als ich durch die Tür gehen will, ruft er.

»Marie? Du machst doch keine Dummheiten, oder?«

Ich zögere einen Moment, ehe ich die Tür hinter mir schließe und die Treppe hinuntergehe.

Er ist Tankwart auf einer Raststätte am Autobahnzubringer. Sein Name ist Markus, wie einer der Evangelisten. Der Großvater sitzt mit gerunzelter Stirn mit einem Radio im Schatten, während die Mädchen aus der Stadt in den Autos ihrer Väter hier herausfahren, damit der Enkel des alten Mannes sie auftankt. Die Mädchen haben viel Zeit, sie haben nichts vor, müssen nirgendwohin in den nächsten Jahren, während ich es eilig habe. Ich muss wenigstens drei Jahre älter sein als er. Ich frage, ob es irgendwo eine Pension gibt, und er nickt zu schnell. Der Großvater ist eingeschlafen, den Kopf gegen einen Pfosten gelehnt. Markus bittet mich, ein paar Minuten zu warten, er habe bald Feierabend. Ich sitze im Auto, während er die Zeitungsständer nach drinnen trägt, dann begleitet er mich zu der Pension – sie wird gerade renoviert – und er fragt, ob ich dann im Auto schlafen will. Wir essen in einer Kneipe mit Humptata-Musik und fettigem Besteck, dann drehen wir eine Runde durch die Stadt, in der es nichts zu sehen und nichts zu verpassen gibt. Er sagt, er wolle mich nackt auf einem Bett sehen, er sagt es im Spaß, aber er meint es doch so.

Das Haus am Rande der Stadt ist verfallen, er wohnt nicht alleine dort; in der zweiten Etage gibt es ein großes Zimmer, wo er gewöhnlich mit zwei Mädchen auf einer breiten Matratze schläft. Das Bett haben sie selbst gebaut. Die Laken riechen nach Sperrmüll und Patchouli und überall im Zimmer liegen Kleidungsstücke, die auf Schränken, Haken und Regalen ein Eigenleben entwickelt zu haben scheinen. An der Wand hängen Postkarten von Freunden und Bekannten, von irgendwo unterwegs – Tierparks, lateinamerikanische Landschaften, indische Dörfer. Fotos der Reisenden selbst und der anderen, denen sie unterwegs begegnet sind. Doch ich weiß nicht, wer wer ist. Er legt eine Platte von Sonic Youth auf, *Evol*. Ich bin gespannt, was jetzt geschehen wird. Sonic Youth scheppert aus den Lautsprechern, neurotische Gitarren, die wie Regen klingen, der auf ein Aluminiumdach trommelt, und eine schimpfende Mädchenstimme, *met a stranger on a train, swear I didn't mean it, swear it wasn't meant to be, must have been a dream from a thousand years ago … You kill him and I'll kill her …* Ich gehe nicht, obgleich ich das sollte. Ich muss wissen, was passiert. Wir bewegen uns langsam, ich versuche mir vorzustellen, wir wären uralt, hätten ein ganzes Leben miteinander verbracht und kannten einander, und täten es deshalb. Er will mir die Kleider ausziehen, doch ich schüttle den Kopf und schließe die Augen. »Lass mich.«

»Wir können es so machen, wie du willst«, sagt er, »schnell, vorsichtig, von vorn, von hinten, auf dem Kopf …«

»Du bist aber flexibel«, sage ich, »aber ich glaube nicht.«

»Wie immer du willst«, bittet er.

»OK«, sage ich, »ich will dich ansehen.«

Er lacht, beginnt aber, sich auszuziehen und schleudert die Kleider mit reichlich übertriebenem Schwung auf einen Stuhl. Schließlich steht er nackt da. Er bekommt eine Gänsehaut wegen der plötzlichen Kälte oder vielleicht vor Aufregung, faltet die Hände hinter seinem Nacken, und ich kann meine Augen nicht von seinem Nabel losreißen, denke an seine Mutter, irgendwann muss sie ihre Lippen genau dorthin gelegt haben. Sein Glied ist halb entspannt, halb steif. Er steht ganz still da, lange. Er macht keine Witze. Schließlich sackt er ein wenig zusammen.

»Mir wird langsam kalt«, sagt er.

»Ich weiß«, antworte ich.

Ich träume von Michael, meinem ersten Geliebten. Im Traum laufe ich über die Flure meiner alten Schule. Ich bin Michael im Gymnasium begegnet, doch in dem Traum ist es die alte Grundschule, in der ich die erste Klasse besucht habe. Durch die Fenster auf dem Flur kann ich auf den Schulhof sehen; sogar der Brunnen steht dort noch wie früher. Ich habe Lust, dort hinauszugehen, doch zuerst muss ich noch etwas erledigen. Es ist anscheinend wichtig. Ich bemerke, dass ich auf Rollschuhen unterwegs bin, ich bekomme reichlich Fahrt auf dem Flur, und es fühlt sich fast an wie Fliegen, doch nichts davon verwundert mich – ich bin einzig damit beschäftigt, zu konstatieren, dass alles noch so ist wie früher. An einem der Haken vor unserem alten Klassenzimmer hängt ein vergessener Regenmantel. Ich ziehe die Rollschuhe aus, öffne die Tür und weiß, dass das ein Fehler war. Ich schaue in das Klassenzimmer; die Stühle stehen verkehrt herum auf den Pulten, wie sie die Putzfrau zu stellen pflegte, und die Wände haben die Farbe, in der wir sie, wie ich mich erinnere, gemeinsam mit dem Lehrer gestrichen haben. Da bemerke ich, das ich nicht allein bin. Auf einem Stuhl vorn beim Lehrerpult sitzt Michael. Er hat sich halb zu mir gewendet. Auch meine Mutter ist dort. *Was machst du hier?*, frage ich. Sie kniet vor Michael. *Ich zeige Michael, wie ich es mit dem Mund mache,* antwortet sie. Jetzt beugt sie sich zwischen Michaels Knie nach vorn. Er hat die ganze Zeit über still dagesessen, doch jetzt legt er langsam den Kopf in den Nacken und schließt die Augen. *So ist es am besten*, sagt Mutter und streichelt Michael mit der einen Hand über das Gesicht. *Ich träume,* sage ich. *Ich weiß, dass ich träume.* Noch einmal werfe ich einen Blick auf Michael. Er sieht meinem Vater ähnlich.

Mitten in der Nacht wache ich auf und frage mich, wo ich bin. Einen Augenblick lang glaube ich, zu Hause zu sein, doch es liegt jemand neben mir im Bett. Die Angst schießt mir in den Hals, ich schrecke auf und stoße eine Keramikfigur vom Nachtschränkchen.

»Was ist los?«

Er richtet sich im Bett auf und greift nach meinem Arm.

»Ich dachte, du wärest jemand anderes.«

Markus macht das Licht nicht an, holt aber eine Kerze aus einer Schublade und stellt sie auf das Nachtkästchen.

»Ich habe geträumt.«

»Wir träumen doch alle.«

»Ich nicht. Das passiert mir nur, wenn ich an Orten bin, an denen ich nichts verloren habe.«

»Willst du mich wieder demütigen?«, sagte er. »Du hattest eine Scheißkindheit, und jetzt versuchst du, dich zu rächen.«

»Ja«, sage ich, »genauso ist es.«

Ich streichle ihm über die Haare und lasse meine Hand nach unten gleiten, er hält sie nicht auf. Im Dunkeln ist es einfacher. Er zündet die Kerze an, das Licht flackert über unsere weißen Körper, ich lecke seinen Nabel und seine Brust und schiebe meine Nase zwischen seine Hoden, sie riechen gut, wie Weißbrot, dann fasst er meine Schultern und presst mich aufs Bett. Sein Glied ist ganz vorne feucht, es ragt fast senkrecht nach oben. Dann lässt er mich los und tritt einen Schritt zurück. Aber das hat nichts zu sagen. Es wird bloß alles ein wenig verzögern.

»Du hast Lust zu vögeln, weil du Angst hast.«

Als ich am nächsten Morgen aufstehe, schläft er. In der Küche finde ich noch Kaffee, den ich mir aufwärme. Dort liegen auch ein paar mit einer Büroklammer zusammengesteckte Artikel über buddhistische Klöster, eines der Bilder, eine schlechte Kopie, zeigt einen dicken Buddha. Die Geheimnisse des Buddhismus. Das kommt mir bekannt vor. Er liegt im Schlafzimmer mit offenem Mund auf dem Bauch im Bett und umarmt das Kissen, dann dreht er den Kopf, doch er wacht nicht auf. Ich hole die Schlüssel aus seiner Jeans. Ich habe keine Ahnung, warum er sie mir am Abend abgenommen und in seine Tasche gesteckt hat.

»Damit du nicht so schnell abhaust«, sagte er. »Ich kenne solche wie dich, die kommen nicht so schnell an den Tatort zurück.«

Im Auto schicke ich ein stilles Gebet gen Himmel, *los jetzt, mach keinen Scheiß*, doch ich muss den Schlüssel mehrmals herumdrehen, bevor der Motor anspringt. Ich frage mich, ob ich ihn geweckt habe, und lenke das Auto auf den holperigen Weg. Bestimmt ist er aufgewacht, steht jetzt nackt zwischen den lila geblümten Gardinen am Fenster und sieht das Auto davonfahren.

Unterwegs halte ich an einer traurigen Cafeteria an, ich kenne Hunderte dieser Orte, weiß, was dort auf der Karte steht, nach welchem Spülmittel die Suppe schmeckt, welche Flecken die Servietten haben und dass die Salatblätter auf den Sandwichs an den Rändern immer braun sind. Hinten im Lokal wird Billard gespielt und niemand passt auf die Kasse auf.

Ich nehme meine Tasche und gehe auf die Toilette, um mich zu waschen. Ein Kerl steht vor einer Kabine – er hat sich wohl in der Tür geirrt, will sich aber nichts anmerken lassen, doch ich habe nicht vor, das zu melden, ich nicke ihm zu, er schaut in den Spiegel, lehnt sich zurück und formt mit der Hand eine Art Elvis-Tolle, ehe er seinen Kamm wieder in seine Jackentasche gleiten lässt. Mit der gleichen Bewegung zieht er etwas anderes aus der Tasche hervor. Er hat zwei Buttons auf der Jacke, einer davon ist ein dreidimensionales Bild von einem Auge. Er geht an mir vorbei, als wolle er hinausgehen, doch dann bekomme ich einen kräftigen Stoß in den Rücken, er schiebt mich in die Toilettenkabine und als er sich umdreht, erkenne ich, was er in der Hand hält. Das Auge blinzelt.

»Das ist es doch, was so Mädchen wie du immer vergessen«, sagt er, »häh?«

Er legt seine Hand auf meinen Bauch und ritzt mit der Messerklinge über meine Haut, doch es kommt kein Blut. Dann führt er die Klinge weiter nach unten, beugt sich vor und küsst mich auf die Stirn, ein nasser Fleck bleibt zurück. Ich blicke auf das Auge, das mein Starren erwidert. Es sieht wie ein richtiges Menschenauge aus.

»Gefällt dir das?«, fragt er.

Ich komme noch auf den Gedanken, dass ich das verdient habe, als er sich so weit vorbeugt, dass ich ihm mein Knie in den Unterleib rammen kann. Er stöhnt, doch es hört sich nicht einmal so an, als ob er vor Schmerzen stöhnen würde. Ich reiße die Tür auf und verschwinde nach draußen.

In der Cafeteria ist es noch immer so leise wie vorher. Das gleiche Lala sickert aus der Stereoanlage, die gleichen Männer hinten im Raum, von denen nicht einer den Kopf hebt. Sie konzentrieren sich auf die Kugeln auf dem Tisch. Mein Zittern lässt nicht nach, und ich muss mir die Hand vor den Mund halten, um nicht zu schreien. Draußen im Auto wird mir bewusst, dass ich meine Tasche zurückgelassen habe. Alles, was ich besitze.

Ich suche den Spray aus dem Handschuhfach. Ann hat ihn dort hingelegt. Sie war immer schon vorausschauend. Er hat seit vielen Jahren dort gelegen, ich hatte ihn fast vergessen. Auf der Rückseite der kleinen Flasche steht, dass man den Spray nicht bei Wind benutzen sollte. Das heißt, man muss die Windstärke messen, ehe man beschließt, sich zu verteidigen. Sonst kann man sich nur auf den Rücken legen und das beste hoffen. Ich reiße die weiße Kappe von der Flasche und gehe wieder hinein.

Die Damentoilette ist leer, meine Tasche steht in einer Ecke auf dem Boden. Rasch nehme ich sie an mich und checke den Inhalt auf dem Weg nach draußen. Es scheint alles da zu sein. Die Kugeln klicken im Billardzimmer. Er muss dort drinnen sein. Gelächter, Klick Klick. Ich setze mich ins Auto und versichere mich, dass die Türen verschlossen sind. Aus meiner Nase tropft dunkles Blut auf den Sitz. Ich lege den Kopf in den Nacken und zähle langsam.

»Ganz ruhig«, sage ich laut, »es ist alles gut gegangen. Alles ist gut.«

Ich fahre fast ohne Pause und halte nur zum Tanken und Einkaufen. Langsam komme ich voran, bin die ganze Nacht gefahren, habe die Grenze überquert und am frühen Morgen liegt die gerade, lang gestreckte Straße vor mir. Zu Hause. Ich sitze mit nackten Beinen im Auto, sehe mein Gesicht im Rückspiegel, meine Pupillen ziehen sich zusammen, die Straße ist endlos, es ist warm, warm, warm, fünfundzwanzig Grad im Schatten, heißt es im Radio, während ich mit der freien Hand, die nicht auf dem Lenkrad liegt, zwischen den Sendern hin- und herdrehe, um wenigstens einen mit einer freundlichen Stimme zu finden. Freundliche Stimmen im Radio machen mich schwach – wie gern würde ich glauben, dass es Menschen gibt, die sich um einen sorgen, obgleich sie einen nie gesehen haben. Doch die Radiostimme verschwindet und wird von Guns 'n' roses abgelöst: *I used to love her, but I had to kill her, I had to put her six feet under …* Mir wird übel, die Hitze pocht in meinen Schläfen und mein T-Shirt fühlt sich an wie aufgemalt.

Als ich die Tramperin erblicke, ist es drei, doch so heiß als wäre es mittags.

Sie ist ganz jung, jünger als ich. Sie streckt einen müden Arm zur Seite. Ein bisschen widerwillig halte ich am Straßenrand an. Das Mädchen kommt angeschlurft. Es hat einen dunklen, rötlichen Pferdeschwanz und trägt kurze Shorts. Es erinnert mich an eine, doch ich komme nicht darauf, an wen. Ich bekomme Lust zu sagen: Wenn du so trampst, dann bittest du ja förmlich darum.

Ich bin überrascht über mich selbst. Was war das für

eine Sichtweise. *Natürlich ist es schlimm, dass so etwas geschieht, aber sie hat doch förmlich darum gebeten.*

»Wohin willst du?«, frage ich. Die Sprache ist ungewohnt nach so langer Zeit, obwohl es die meine ist.

Das Mädchen platziert ihre nackten Beine auf meiner Jacke, die auf dem Sitz liegt. »Du scheinst ja keine Angst zu haben«, füge ich hinzu und komme mir dumm vor.

»Nein?«, fragt sie säuerlich.

Wir fahren eine Weile, ohne zu sprechen. Sie sucht etwas in ihrer Tasche, ich beobachte die Straße und wünsche mir plötzlich, in einem Bett mit kühlem, frisch gewaschenem Bettzeug zu liegen. Ohne jemanden neben mir, das ganze Bett für mich, ich würde die Arme ausstrecken und denken, dass das Bett vom Boden abhebt.

Das Mädchen scheint das Gesuchte gefunden zu haben. Sie lehnt sich zurück und schiebt sich eine Zigarette zwischen ihre aufgesprungenen Lippen.

»Wo willst du hin?«, frage ich noch einmal.

Sie antwortet nicht. Erst nach einer Weile sagt sie leise: »Du kannst mich da absetzen, wo du glaubst, dass ich hingehöre.«

»Das wird schwierig«, lache ich.

Ich könnte das mit geschlossenen Augen tun, sagte Michael. Wir fuhren mit dem Motorrad über eine kurvige Straße, ich hielt mich an ihm fest, die Maschine wackelte. »Ich habe Angst, Michael«, rief ich, »ich mag es nicht, wenn du so schnell fährst!«

»Ich weiß, wo ich fahre. Wenn du nervös bist, umso besser.«

Er lachte. »This is the best part of the trip.«

»Was sollen wir hier?«, fragt mich die Tramperin eine Weile später und richtet sich abrupt auf dem Sitz auf. Sie hat während der letzten Stunde zusammengekauert geschlafen. Ich bin zufrieden, dass es nun sie ist, die fragt, und ich ihr antworten kann oder auch nicht, je nach Lust und Laune. Ich parke das Auto.

»Ich brauche etwas zu essen«, sage ich, »hier gibt es ein Café.«

Widerwillig sieht sie zu dem niedrigen Gebäude aus viel zu neuem Holz hinüber, eine Art Hüttenkonstruktion mit Kunststoffinterieur. Über den Schildern mit den Schriftzügen Diplom-Eis und Pepsi hängt ein Holzschild mit ausgefrästen Buchstaben: *Bill's Café.*

»Wer ist schon Bill?« Das Mädchen grinst, die Zigarette zwischen den Lippen, der Filter muss sich bald aufgelöst haben. Es sieht nicht so aus, als wolle sie die Zigarette anzünden.

»Sicher irgendein lokaler Adel«, antworte ich.

Im Café sitzen sechs Männer an einem der Tische; alle sechs sind gleich dick, zwei von ihnen tragen Schirmmützen. Sie sehen wie LKW-Fahrer aus, doch draußen stehen keine Lkw.

Ich kaufe Limonade und ein Brötchen mit Schinken. Ich weiß nicht, ob das Mädchen Geld hat, sie blickt nervös zu den Lkw-Fahrern hinüber. »Lass uns am Fenster sitzen«, sagt sie.

Sie geht zu dem Mann an der Kasse, der von seinem Männermagazin aufblickt, und zeigt auf etwas hinter der Kasse. Ich halte nach einem Platz in reichlich Abstand zu den Lkw-Fahrern Ausschau und steuere einen Tisch ganz hinten im Lokal an.

Als ich mich wieder umdrehe, steht sie mit zwei Brötchen in den Händen unmittelbar hinter mir. Der Käse wölbt sich an den Rändern trocken nach oben. Sie müssen uralt sein. Nachdem wir uns an den Tisch gesetzt haben, scheint sie sich ein bisschen zu entspannen.

»Wie heißt du?«, fragt sie, ohne mich anzusehen. Sie beobachtet die Männer, während sie die trockenen Kanten vom Käse reißt.

»Marie«, sage ich, »ich bin auf dem Weg nach Hause.«

Das hört sich einfach an.

»Ich bin eine ganze Weile nicht dort gewesen«, versuche ich ihr zu erklären, ohne dass das auch nur das Geringste erklären würde. Ein blauer Lieferwagen parkt draußen vor dem Fenster. Es sind Kinder im Auto. Sie quellen hervor wie Trolle aus einer Schachtel.

»Hör mal, ich geh gleich aufs Klo und dreh mir nen Joint«, sagt das Mädchen, »kommst du mit?«

Die Kinder strömen in Richtung Eisbox, es gelingt ihnen, den schweren Deckel zur Seite zu schieben und übereinander zu klettern, um hineinzusehen. Der Mann an der Kasse hat sich erhoben und zeigt auf die Eiskarte. Die Kinder beachten ihn nicht.

Ich schließe die Augen. Einen Moment lang sehe ich Michaels Gesicht vor mir. Bei einem der letzten Male, als wir uns geliebt haben, wir waren beide stoned. Wir klammerten uns aneinander, waren uns aber trotzdem irgendwie nicht nah. Das ist fast vier Jahre her. Ich denke an den Evangelisten Markus von der Tankstelle; ich erinnere mich an seinen Körper, nicht aber an sein Gesicht. Ich versuche es, doch ich kriege seine Gesichtszüge in meinen Gedanken nicht zusammen. Plötzlich wird mir schwindelig.

»Magst du Kinder?«, fragt das Mädchen, »ich liebe Kinder. Ich habe vier Neffen und eine Nichte. Ich will selber auch einen ganzen Haufen Kinder.«

Sie drückt ihren Kaugummi an der Seite des schwarzen Aschenbechers auf den silbernen Schriftzug von *Bill's Café*. Es ist unmöglich, sich dieses Mädchen mit einer kleinen, rotznasigen Mini-Kopie auf dem Schoß vorzustellen.

»Und, was machst du jetzt?«

»Ich komme mit«, sage ich schnell, »ich habe keine Lust, es hinterher zu bereuen.«

»Gut«, sagt sie.

Die Toiletten liegen eine Etage weiter unten. Der Raum hinter der schweren Tür ist angenehmer als der Gastraum. Es gibt dort zwei kleine Kabinen und einen breiten Spiegel, der die ganze Wand über den beiden Waschbecken einnimmt. Sie sind geputzt und auf beiden liegt am Rand eine kleine rosa Seife. Die Wände sind sauber, helle Fliesen, die danach schreien, beschriftet zu werden. Ich bekomme Lust, etwas zu schreiben, doch mir fällt nichts ein.

»Du hast nicht gesagt, wie du heißt«, sage ich zu dem Mädchen. Sie hat eben drei verschiedene Feuerzeuge aus ihrer Tasche gekramt und beginnt, einen Joint zu drehen.

»Bente.«

Wenn wir kleine Mädchen gewesen wären, hätte ich geschrieben: *Marie und Bente waren hier*, und das Datum. Es wäre schön, etwas in diesem Raum zu hinterlassen. Eine Spur.

»Hier«, sagt Bente, »Dope fürs Volk.«

Ich nehme den Joint; die ganze Zeit über sehe ich mich in dem Spiegel über dem Waschbecken. Die roten Haare sind ungewohnt. Ich habe sie gefärbt, ehe ich Adrian verlassen habe. Ich nehme einen tiefen Zug und sehe Bente im Spiegel näher kommen. Jetzt steht sie direkt hinter mir, sie streichelt meine Haare und meinen Hals, lässt ihre Hand über meine Schulter gleiten und tastet nach meinem Schlüsselbein. Dann legt sie ihre Hände auf meine Brüste. Ich lasse es geschehen. Im Spiegel sehe ich, dass ich lächle. Warum lächle ich?

Ich nehme noch einen tiefen Zug.

»Ich tue das nicht mehr«, sage ich, ohne ihre Hand zu

entfernen, »nicht und mit niemandem, wenn es sich vermeiden lässt. Du kannst mich eine Art Nonne nennen.«

Bente zieht ihre Hand weg. Ihr Gesicht liegt hinter dem Spiegelbild meines Kopfes verborgen, doch ich höre, dass sie schwer atmet.

»Lass uns weiterfahren«, sagt sie schließlich.

Ich kenne diese Straße, jedes dieser Häuser mit ihren niedrigen Zäunchen, den Briefkästen auf den halbhohen Pfosten und den geschwungenen Kieswegen zu den offenen Türen. Niemand schließt hier draußen ab. Es sind nur dreißig Kilometer bis zur Hauptstadt, aber dennoch kommt es einem vor, als lägen mehrere Zeitzonen dazwischen.

Fast wünsche ich mir, Bente mitgenommen zu haben. Als ich sie an der Kreuzung absetzte, sah sie unsicher aus.

»Kommst du zurecht?«, fragte ich behutsam. »Hast du Geld?«

Sie nickte nur. Das Band, das ihren Pferdeschwanz zusammengehalten hatte, war abgerutscht. Nachdem wir *Bill's Café* verlassen hatten, hatte sie im Auto geschlafen. Sie hatte sich auf dem Sitz zusammengerollt und den Kopf gegen ihre Stofftasche gelehnt. Ich war sicher, dass sie nicht wusste, wohin sie wollte.

»Bist du meine Mutter?«

Sie lächelte, warf mir einen Luftkuss zu und ging in Richtung eines Telefonhäuschens auf der anderen Seite der Kreuzung davon.

»Schau dir beim Trampen erst die Leute an, bevor du zu ihnen ins Auto steigst«, rief ich ihr nach, doch es war ungewiss, ob sie mich gehört hatte.

Ich fühle mich plötzlich hoffnungslos allein. Ich bringe keine Freunde mit, wie ich es früher immer gemacht habe. Gewöhnlich habe ich immer jemanden eingeladen, mitzukommen, wenn ich nach Hause fuhr. Als lebendigen Schutzschild. In der Regel kamen sie gerne mit. Jeder lässt sich doch für eine Reise aufs Land gewinnen. Sie trinken Mutters Kräutertee und schlafen in unseren alten Schlafsäcken. Mit der Zeit ahnen sie wohl, warum sie hier sind, doch niemand hat sich je darüber beschwert.

Es ist lange her, dass ich zuletzt jemanden mitgebracht habe. Mehrere Jahre. Ich bin nur noch selten hier. Das letzte Mal Weihnachten. Schneehaufen vor den Fenstern und angestrengtes Festtagslächeln. Mutter sagte, ich tränke zu viel Cognac, sie wurde sauer und ging früh ins Bett. »Musst du dich jedes Mal betäuben?«, war ihre Abschiedsreplik. Wie aus einem Eugene O'Neill-Stück, ich drückte meine Kippe auf einem von Mutters Sirupplätzchen aus und hörte den Papst im Petersdom. Ich war zu voll oder zu müde, um zu verstehen, was sie damit meinte.

Plötzlich spüre ich, dass das Rad gegen etwas Hartes stößt, etwas, das nachgibt, doch nicht ohne das Auto zu erschüttern. Scheiße. Nicht auch *das* noch. Ich hasse es, Tiere zu überfahren. Kleine, verlotterte Geschöpfe, die, wie sie selbst glauben, eben rasch über die Straße laufen, und dann plötzlich – smack! – von einer Sekunde auf die andere zu einer Unebenheit auf dem Asphalt reduziert werden.

Ich sehe nicht nach hinten. Ich bin noch nicht darüber hinweg, als ich in die Einfahrt des Hauses einbiege. Steine und Kies knallen gegen den Boden des Autos.

Jemand steht auf der Treppe. Einen Augenblick glaube ich fast, es ist Mutter. Wunschdenken. Ann ist in Brüssel oder irgendwo sonst auf der Welt. Es ist Lillian, Mutters beste Freundin. Ich konnte mich kaum an sie erinnern, als ich sie aus *Bill's Café* anrief. Ich wählte ihre Nummer, doch ihre Stimme verwirrte mich.

»Marie – bist du das?«, sagte sie. »Ich bin's, Lillian. Du hörst dich so nah an, als ob du ganz in der Nähe wärst.«

Sie steht auf der Treppe und winkt, natürlich hat sie mich gehört, oder sie hat einen sechsten Sinn. Sie trägt ein weites Hemd und darunter ein T-Shirt. Keinen BH. Ich denke, so muss Joan Baez heute aussehen. Sie hat kurzes, dunkles Haar und läuft zu Hause offenbar noch immer mit nackten Beinen herum. Daran kann ich mich am besten erinnern – und an die warmen, wenn auch kritischen Augen, die engagiert jegliches Unrecht observieren und registrieren. Über ihrer Oberlippe ist ein dünner, dunkler Streifen Haare zu erkennen. Lillian lässt der Natur wohl ihren Lauf. Mit der Hand verscheucht sie eine Fliege oder eine Mücke.

Mein Bauch zieht sich vor Angst zusammen. Das geschieht jedes Mal. *Die Hölle ist dort, wo alles ganz langsam geschieht,* sagte Michael einmal vor vielen Jahren, als ich noch zu Hause wohnte und wir zusammen waren.

»Anstrengende Fahrt?«, fragt Lillian und wedelt wieder mit ihrer Hand herum. »Ich hab eben die Post geholt. Die Hitze haut mich fast um, ich halte mich den größten Teil des Tages im Haus auf.«

Drinnen ist es angenehm kühl. Es riecht schwach nach Kohl und getrockneten Blumen. Ich sehe mich um, obgleich ich die Einrichtung noch auswendig kenne.

»Wie schade, dass Ann nicht zu Hause ist«, sagt Lillian. Ich sehe zu ihr hinüber, unsere Blicke begegnen sich. Sie muss in meinen Augen gelesen haben, woran ich denke, denn sie dreht sich um und geht ins Wohnzimmer.

Das Haus ist nahezu unverändert. Es ist schon lange her, dass das Bild von Che Guevara durch die gerahmten, plakatgroßen Fotografien von Bresson und Man-Ray ersetzt worden ist. Che hatte da wohl bloß gehangen, weil er sich dort so gut gemacht hatte. – Die sexyschwarze

Mütze und dieser direkte Machoblick. Oben über der Treppe prangen ein paar von Lillians Aquarellen zusammen mit einem Foto von Gandhi, dünn wie ein Magersüchtiger und mit einer ebenso mageren Kuh im Hintergrund. Dort hängen auch ein paar Lithografien, teure Sachen, bestimmt Geschenke von Freunden.

Ich gehe ins Dachgeschoss hinauf in mein altes Zimmer. Die Tür knirscht immer noch an der gleichen Stelle, drinnen riecht es abgestanden, und ich versuche das Fenster zu öffnen, doch es hat sich verklemmt. Ich überlege, Lillian zu rufen, doch stattdessen bleibe ich auf dem Bett sitzen und sehe mich um.

An der Korktafel über dem Schreibtisch hängt ein Foto von Michael. Das hatte ich ganz vergessen. Ich erinnere mich an den Tag, an dem es aufgenommen wurde. Wir hatten eine Motorradtour gemacht, Michael hält den Helm in der Hand. Auf dem Bild hat er den gleichen Gesichtsausdruck wie auf allen Bildern, er sieht weg. Mutter musste irgendwie auf Reisen gewesen sein, denn er wohnte bei mir.

Ich weiß noch, wohin wir damals fuhren. Es war im Frühling, ich trug eines von Mutters alten, indischen Kleidern und ihre Holzperlenkette; Michael mochte diesen Schmuck. Als wir über die Straße fuhren, wurde der dünne Stoff vom Wind über meine Schenkel nach oben geweht.

Ich esse Lillians gekochtes Wurzelgemüse und ihre Sojawürstchen, helfe ihr mit dem Abwasch – wir sprechen über Gott und die Welt – und anschließend laufe ich ein bisschen die Straße hinunter bis zu dem Schuppen, in dem Mutter immer ihren Schrott aufbewahrte. Das Dreirad und der Tretschlitten stehen noch immer dort. Mutter schmeißt nie etwas weg. Manchmal gibt sie etwas für eine

Sammlung oder einen Basar, aber in der Regel bewahrt sie alles auf.

Unter dem Vogelhäuschen, das ich als Elfjährige auf der Werkbank gezimmert habe, liegt das Kreuz, das Michael für die Schulvorstellung von Jeanne d'Arc gemacht hat. Er spielte einen der englischen Inquisitoren. Mitten in der Premiere begann er zu lachen. Jeanne stand bereits auf dem Scheiterhaufen; sie wurde von einem der Mädchen des anderen Gymnasiums gespielt, trug einen ledernen Kittel und war frisch geschminkt, als wollte sie in die Stadt. Sie waren dabei, die Fackeln zu holen, und Jeanne wand sich auf dem Scheiterhaufen herum wie die gekidnappte Tochter Al Capones in einem mittelmäßigen amerikanischen B-Klasse-Movie, als es aus ihm herausplatzte. Er schüttelte sich und hatte Tränen in den Augen. Das ganze Stück wurde unterbrochen. Sie stießen ihm in die Seite, doch er musste nur noch mehr lachen. »Entschuldigung«, sagte er und sah dem Publikum direkt in die Augen. »Entschuldigung, aber das alles ist so unglaubwürdig.«

Michael wohnte fast den ganzen Sommer bei mir, wir unternahmen lange Touren mit dem Motorrad. Er ließ mich die Maschine fahren. »Pass auf, so geht das«, *sagte er,* »das Wichtigste ist, dass du ordentlich losfährst, wenn der Motor gestartet ist, sonst kannst du es vergessen.« *Ich fuhr auf dem Parkplatz hinter meiner alten Schule herum, immer wieder im Kreis, gefolgt von Michael.* »Stell dir eine Gerade vor«, *rief er,* »du fährst zu wackelig.«

Ich wusste, dass er mit einem anderen Mädchen zusammen war. Ich war einmal mit Michael bei ihr, sie war älter als ich – und älter als Michael. Sie wohnte in der Stadt, in einem Haus am Flussufer, das abgerissen werden sollte. Sie machte Tee und sprach nervös über Michaels Kar-

ma, wobei wir die ganze Zeit über auf ihrem Bett saßen und ich mich fragte, ob sie es dort getrieben hatten. Ich versuchte, nicht daran zu denken. Als wir gehen wollten, sah ich, dass sie sich in der Tür küssten. Ihr schwarzes, langes Haar legte sich wie dicke Fesseln über seinen Nacken.

Wir fuhren mit dem Motorrad herum, entdeckten einen schönen Platz am Strand, es war Mitte Juli. Wir blieben die ganze Nacht dort und verbrachten auch den nächsten Tag im Wasser und auf den Felsen. Michael versuchte, mir den Badeanzug auszuziehen, er jagte mich in den Wald, warf mich zu Boden und rollte mich durch das nasse Gras, hör auf, Michael, *das kalte Wasser auf unseren Beinen und Armen, er tat so, als gebe er auf, und ich setzte mich auf ihn, drückte seine Arme zur Seite und schüttelte meine nassen Haare in sein Gesicht. »Tu das nicht«, sagte er. Er lachte jetzt nicht mehr, ich zeichnete ein Herz aus Wasser auf seine Stirn und leckte es ab. Er wand sich zur Seite. »Ich meine das ernst.« Entferntes Lachen und Musikfetzen aus einem Transistorradio auf einem der Boote, das im Jachthafen in der Nähe lag. Plötzlich war er ganz erstarrt, sein Körper war eine Säule, vollkommen reglos. Als ich ihn losließ, schoss er auf und rannte zum Wasser, er hockte auf den Knien, drückte sich die Hände auf die Ohren und etwas Weißes strömte aus seinem geöffneten Mund. Wieder und wieder beugte er sich kniend nach vorn zum Wasser. Der Himmel hinter ihm hatte einen weißen Streifen, ganz gerade, der aus dem Nichts zu kommen schien und direkt über seinem Kopf endete; der leere Strand und dieses unablässige Radio im Hintergrund, aus dem irgendein Sommerhit quoll, ein flaches metallenes Geräusch, das mahlte und mahlte und niemals anstieg. Das war das erste Mal gewesen. Später, wieder zurück im Haus: Er sitzt zusammengekauert auf dem Boden und at-*

met langsam ein und aus, als mache er eine komplizierte Übung. Er sagt, das Licht käme aus den Ecken, in denen die Wände endeten, er habe das jetzt herausgefunden, sagt er, dort, wo die Wände endeten, gebe es einen Pfad in eine neue Dimension, komm nicht näher, bleib genau dort stehen, was siehst du? *Ich sehe nichts. Nur Staub. Und sage es.*

»Das hätte ich dir vorher sagen können«, murmelte er und erhebt sich leicht. Ich frage, wie er das meint, und er antwortet, dass es Menschen wie ich sind, die ihn am meisten erschrecken.

Mutter kam Ende Juli nach Hause. Eines Morgens, als ich erwachte, wusste ich, dass sie in meinem Zimmer gewesen war. Ich wusste es ganz einfach. Sie musste im Laufe der Nacht zurückgekommen sein. Michael schlief auf einer Matratze auf dem Boden. Er hielt sich die Hand auf das Ohr, als quäle ihn irgendein Laut. Ich zog sein Hemd an und ging die Treppe hinunter.

Mutter stand in der Küche. Sie fragte nicht einmal, wie es mir ging, sie sah mich nicht an.

»Ich möchte, dass er verschwindet«, sagte sie, »ich will keine Diskussionen. Ich will ihn einfach nicht hier haben!«

»Was hast du vor?«, fragt Lillian, »du bleibst doch hier, bis Ann nach Hause kommt?«

Ich habe keine Pläne, kein Geld. Bin schon seit einer Woche zu Hause. Bald kommt Mutter wieder. Ich versuche ein paar Artikel über eine Berliner Band zu schreiben; ich kenne einen Typ in einer Musikredaktion, der das vielleicht annimmt – doch ich bringe nichts zu Papier. Lillians alte Schreibmaschine staubt auf meinem Schreibtisch ein.

Jeden Morgen frühstücken wir zusammen, ehe Lillian

zum Malen auf den Dachboden geht. Mutter und sie sind seit ihrer Jugend befreundet, sie streiten sich beständig. Mutter hat eigentlich nicht genug Geld, um das Haus das ganze Jahr leer stehen zu lassen, sie hat ja auch noch eine Wohnung in Kopenhagen. Statt einen Teil des Hauses zu vermieten, lässt sie Lillian, die sich auf dem Dachboden ein Atelier eingerichtet hat, für eine Weile hier wohnen. Sie nimmt die Zeitung und ihren Tee mit nach oben. Dann bin ich mir selbst überlassen.

Ich lese alte Bücher noch einmal und besuche die drei lokalen Attraktionen – eine davon ist eine neu eröffnete Bibliothek. Die zwei anderen sind das Gemeindehaus und der Supermarkt. Ich weiß nicht, was mir mehr Angst macht. Abends kann ich an die Wände oder in den Fernseher starren. Ich konzentriere mich auf Letzteren, sehe Vorabendserien und Naturprogramme; lange Sequenzen über sich paarende Tiere. Sogar diese religiösen Diskussionsrunden schaue ich mir ein paar Mal an, die Moderatoren wirken immer so unglaublich optimistisch. Keiner redet von Peitschen, Nägeln oder Kreuzen. Stattdessen zeigen sie Bilder von der norwegischen Gebirgslandschaft, und die Pastoren tragen gerne Strickjacken.

Die Nachrichten sind da schon etwas anderes, einige der Beiträge scheinen fast aus einem Gore-Movie zu stammen. Sie zeigen eine Reportage über Drogenabhängige. Von hinten gefilmte Junkies mit hängenden Schultern, klapperdürr, bis auf die Knochen abgemagert, machen sie nicht eine Bewegung mehr, als unbedingt nötig. Ihre einzige Lebensaufgabe scheint darin zu bestehen, der Bügel für ihre Bekleidung zu sein.

Lillian ribbelt alte Pullover auf, um genug Garn für die Strickjacke zu bekommen, an der sie gerade arbeitet. Ihr Blick huscht von ihrem Knäuel zum Fernseher und zurück.

»Mein Gott«, sagt sie, »da siehst du es, das ist die Strafe. Irgendwann ist bei denen etwas schief gelaufen.«

»Vielleicht immer noch besser als jeden Abend fernzusehen«, sage ich.

»Ich begreif einfach nicht, was mit dir los ist«, sagt sie, ohne ihre Augen von der Mattscheibe zu nehmen.

Auch ich habe begonnen, mir Gedanken zu machen. Ich kann unmöglich hier bleiben. Ich muss weg. Aber wohin?

An einem Nachmittag fahre ich mit Lillian zu einer Demo in die Stadt, wir gehen zwischen Lillians alten Freunden aus dem linken Milieu und ein paar jüngeren Anhängern des freien Kultur- und Jugendzentrums Blitz. Alle sind ganz bei der Sache, abgesehen von mir und einem missmutigen, dünnen Mädchen mit knallroten Haaren, die mich um eine Kippe anhaut. Ich schüttle den Kopf und versuche, genauso laut wie Lillian gegen die finanziellen Abstriche der Stadtverwaltung und die hoffnungslose Sozialpolitik anzuschreien, doch sie scheint besser im Training zu sein. Passanten, die gerade von der Arbeit kommen oder zufällig vorbeigehen, sind stehen geblieben, um die Banner und Plakate zu entziffern. Ihre Gedanken sind leicht zu lesen.

Wir übernachten bei Lillians Bruder, einem Töpfer mit riesigen Händen, die wohl mehr damit beschäftigt sind, Kronenkorken von Bierflaschen zu hebeln, als Ton zu drehen. Er hat drei Regale voll Platten. Hendrix, Dylan und Neil Young. Er besteht darauf, wieder und wieder einfache Klassiker zu spielen, doziert über das Erscheinungsjahr, manchmal sogar das genaue Datum, und wedelt dabei mit den Plattencovern herum, die sich teilweise schon aufzulösen beginnen, was ihn aber nicht zu beeindrucken scheint.

»Hör nur«, sagt er, »keiner macht heute mehr solche Musik. Keiner.«

Er wohnt allein mit seiner sechzehnjährigen Tochter, die auf einer Fete bei einem Klassenkameraden ist. Er behauptet, er mache sich Sorgen – nicht etwa, dass ihr etwas geschehen könne. Darüber macht er sich keine Sorgen, sondern über ihren Musikgeschmack.

»Die Jugendlichen hören heute nur noch Hip-Hop – würdest *du* das Musik nennen? Es geht doch dabei nur darum, genug Maschinen zu haben und alle gleichzeitig zum Laufen zu bringen.«

Wir trinken eine ansehnliche Menge Bier, er besteht darauf, dass wir reichlich zugreifen – er habe einen riesigen Vorrat – Lillian schläft, ein Kissen über den Kopf, auf seinem Sofa ein, und so bleiben schließlich nur er und ich. Er ist langsam betrunken, legt seine Arme um mich, und ich spüre eine seiner enormen Hände auf meinem Kopf.

»Ich muss schlafen«, sage ich, doch vergebens, er hört nur sich selbst. Jetzt erzählt er sich gerade, wie er seine frühere Freundin getroffen hat, eine Frau, die gerne im Gebirge herumgeklettert sei. Der Raum zerfließt, als ich aufzustehen versuche, er hält mich fest und fordert mich auf, die Refrains mitzusingen. Dann erhebt er sein Glas auf die alten Tage, und als er zum achtzehnten Mal die gleiche alte Schnulze anstimmt, sehe ich meine Chance gekommen und flüchte in das Zimmer seiner Tochter. Ich schließe ab und lege mich auf das schmale Bett.

Das Zimmer ist groß und überraschend ordentlich, sogar der Schreibtisch sieht tadellos aus. Die Wände sind in Lavendel und einer beigegrauen Nuance gestrichen, billige, pastellfarbene Pseudokunstbilder mit Sonnenuntergängen und Möwen prangen daran, aufgewertet mit philosophischen Phrasen aus irgendwelchen Wochenblättern, die offenbar die Wahrheit über Freiheit und Liebe kannten. Über dem Bett thront Madonna im Format 90 mal 70. Sie hat die Lippen vielsagend geöffnet und streichelt sich selbst. Auf dem Nachtkästchen liegen verschiedene Haarbänder und -gummis in einer eigenen speziellen Ordnung. Es scheint eine richtige Sammlung zu sein. Auch ein Buch mit Schloss liegt dort. Ich weiß, was Bücher mit Schlössern zu bedeuten haben. Das Schloss ist aufgebrochen. Ich zögere etwas, ehe ich es aufschlage. Gekritzel, Kugelschreiberzeichnungen. Sie kann gut zeichnen. Die Handschrift ist rund, eine Mädchenschrift. Doch das sind keine Tagebuchnotizen oder Vertrautheiten. Es sind bloß Namen. Seite auf Seite mit Namen. Jungennamen. Ich versuche, mir die Gesichter hinter den Namen vorzustellen; Fünfzehn- oder Sechzehnjährige mit überlangen Extremitäten und schmalen Schultern. Zuerst begreife ich nicht, was die Namen bedeuten, doch dann beginnt es mir klar zu werden. Sie schreibt die Namen der Jungen auf, die sich in sie verliebt haben.

Ich lege das Buch schnell zur Seite. Daran kann ich mich erinnern. Glaube ich jedenfalls. Schneewittchen, die Königin und viel zu viele Zwerge. Es wimmelt von ihnen, in der Schule, auf den Festen, bei den verbotenen Ausflügen an gottverlassene Orte. Schneewittchen führt genau Protokoll über jede neue Eroberung. Die Königin weiß, dass sie nicht mehr die hübscheste im ganzen Land ist und beobachtet, wie die Sklaven um die viel zu umschwärmte und viel zu kalte Tochter herumscharwenzeln.

Es klopft an der Tür. Ich höre die Stimme von Lillians Bruder, ich kann die einzelnen Wörter nicht verstehen, doch es läuft wohl darauf hinaus, dass er möchte, dass ich die Tür öffne. Ich kann mir zwar vorstellen, was man erwartet, wenn man sein halbes Leben mit einer Bergziege verbracht hat, ich werde aber niemals die Gelegenheit bekommen, es genauer herauszufinden. Lege auch keinen Wert darauf. Ich tue so, als hörte ich ihn nicht und bald darauf gibt er auf.

Michael verkaufte das Motorrad in jenem Herbst. Wir saßen im Garten von Michaels Eltern, als sein Vater kam und sagte, er wolle uns etwas zeigen. Er wirkte ganz aufgeregt, als er vor uns her zur Garage ging. Dabei trug er seine alte, abgenutzte Schirmmütze, die er, wie Michael sagte, nur noch bei wirklich wichtigen Anlässen aufsetzte. »Ich muss dir etwas zeigen«, wiederholte er, während er Michael hinter sich herwinkte. Ich konnte sehen, wie gespannt er war, als er die Garagentür öffnete.

»Das war für ihn selbst«, sagte Michael später. »Er braucht das – für ihn gehört das dazu, wenn man einen Sohn hat.«

Der Vater schaltete das Licht ein. »Gefällt er dir?«

»Ja, aber klar«, sagte Michael. Wir starrten den Wagen an. Durch die Scheibe konnte ich erkennen, dass die Schlüssel steckten.

»Es war leider nicht möglich, ihn einzupacken, weißt du. Dein Bruder hat sich auch daran beteiligt. Er ist von uns dreien. Sie haben ihn gestern hierher gebracht.«

Ich sah zu Michaels Vater, der den Wagen betrachtete, rot vor stolz. Michael mochte das Auto, er sagte mir später, dass es ihm wirklich gut gefiel. Wir setzten uns hinein, und es roch gut nach warmem Kunststoff und neuen Ledersitzen. Der Vater zeigte Michael das Armaturenbrett.

»Du brauchst doch ein Auto«, sagte er schließlich.

»Um klar im Kopf zu werden«, meinte Michael später. »Das hat mein Vater nicht gesagt, aber er hat es gedacht, das denken sie alle.«

»Das ist nicht wahr, Michael.«

»Menschen haben Autos«, sagte Michael. »Sie fahren damit zur Arbeit und wieder nach Hause, es gibt sogar Menschen, die in ihren Autos vögeln. Und das alles ist ganz normal, so soll es sein.«

Michael strich mit der Hand über das Armaturenbrett,

und ich sah, dass er nicht wusste, was er sagen sollte. Er nickte bloß.

»Freust du dich denn gar nicht?«, fragte der Vater.

Lillian steht im Atelier und malt. Sie bemerkt nicht, dass ich hereinkomme. Jedenfalls sagt sie nicht gleich etwas. Ihr dunkles Haar ist unter einem blauen Tuch versteckt, Lillian färbt alle ihre Kleider selbst. Sie kauft sie auf Flohmärkten und bearbeitet sie, bis sie wie exakte Kopien der Kleidungsstücke aussehen, die sie im Laufe der letzten zwanzig Jahre getragen hat. Ich sitze eine Weile da und sehe ihr zu; der Raum ist voller Zeichnungen, Aquarelle, alter Zeitungen und benutzter Teetassen. Ein starker, guter Geruch liegt in dem Raum.

»Was ist aus Adrian geworden?«, fragt sie, »du sprichst nie mehr von ihm.«

»Wir haben uns schon vor langem getrennt. Ich habe Pläne, hier draußen zu bleiben, Gedichte zu schreiben, im Haus zu bleiben und eine Art lokale Emily Dickinson zu werden. Vielleicht nimmt die Lokalzeitung ja ein paar kurze Verse an. Etwas über Blumen oder die Freude, die man in der Nähe großer Tiere, zum Beispiel Kühe, empfindet.«

»Red keinen Unsinn«, sagt sie.

»Nun, es könnte wahr sein.«

»Deiner Mutter würde es gefallen.«

Sie kratzt über die Leinwand, macht ein paar dicke Striche, die sie mit ein paar dünneren überdeckt.

»Von was lebst du eigentlich?«, fragt sie plötzlich.

»Von diesem und jenem. Ich habe ein paar Artikel für ein englisches Magazin geschrieben. Trendige Geschichten für Leute, die Jean-Paul Sartre für eine neue Glaubensrichtung halten.«

»Davon kannst du doch nicht leben«, sagt sie, »das soll ich doch wohl nicht glauben.«

Sie dreht sich um. Jetzt sieht sie mich an.

»Willst du es wirklich wissen?«, frage ich.

Lillian zögert einen Augenblick, ehe sie wegsieht, einen neuen Pinsel aus einem Glas nimmt und ihn mit einer raschen Handbewegung abtrocknet.

»Lass uns nicht mehr darüber reden«, sagt sie.

Der Traum kommt wieder, alles geschieht beinahe auf die gleiche Weise. Doch dieses Mal bin ich nicht in der Schule, sondern zu Hause in Mutters Haus. Ich gehe den Weg hinauf und öffne die Tür. Der Flur ist dunkel, doch ich kann in die Stube hineinsehen. Der gewebte, indianische Vorhang ist zur Seite geschoben worden und alle Lichter brennen. Er sitzt aufrecht auf einem Stuhl. Ich sehe, dass es Michael ist, doch er sitzt vollkommen reglos da. Mutter hockt auf den Knien vor ihm, die Hände auf seinem Schoß, beugt sie sich vor und lächelt. Dann dreht sie sich zur Seite und erblickt mich.

Mutter kommt heim und beteuert, wie froh sie darüber ist, dass ich nicht noch dünner geworden bin oder irgendwelche lebenswichtigen Glieder verloren habe.

Lillian ist abgereist, um eine Woche mit ihrem Geliebten im Vestland zu verbringen. Ehe sie abfuhr, nahm sie mich in den Arm. »Du darfst gerne nachkommen«, sagte sie, »solltest du hier Probleme bekommen.«

»Du machst Witze«, sagte ich, »ich hab doch Mutter.«

Wir sitzen am Tisch und essen. Manchmal, wenn ich mit Ann zusammensitze, bekomme ich dieses Gefühl, keine Haut zu haben; ihre Worte, ihre Stimme, die Art, wie sie das Besteck hält und isst – alles, was sie tut. Sie weiß zu viel über mich, und ich über sie. Das ist erschreckend. Und jetzt sitzen wir hier – Mama und ich. Endlich sind wir beide Nonnen geworden. Keine Männer, keine Schilde. Niemand, um den man konkurrieren müsste.

Ann interessiert sich für die gleichen Sachen wie Lillian; wo ich später wohnen will, welche Pläne ich habe.

»Ich habe noch keine konkreten Pläne«, sage ich, »aber ich bin sicher, dass mir noch irgendetwas in den Sinn kommt.«

»Ja, ja«, sagt Mutter, »du hast es ja immer abgelehnt, ein bisschen Struktur in dein Leben zu bringen, so sieht das dann wohl aus.«

Sie breitet die Hände aus und seufzt. Das hat sie immer gemacht, wenn wir auf solche Themen zu sprechen gekommen sind.

»Aber du lässt es mich doch wissen, wenn dir etwas in den Sinn gekommen ist, ja?«

Der Rest des Vormittages vergeht mit Schweigen. Wir sind beide allein, und nichts hat sich verändert. Wir machen einfach da weiter, wo wir das letzte Mal, als wir einer Begegnung nicht aus dem Weg gehen konnten, aufgehört haben.

Zum Nachtisch gibt es Erdbeeren, und Mutter fragt mich, ob ich ihr die Haare schneide. Lillian macht das gewöhnlich, doch die ist jetzt ja weg.

»Du musst nicht viel abschneiden«, sagt Mutter und löst den Knoten im Nacken. Ihre langen Haare fallen ihr über die Schultern.

Sie setzt sich mit einem Handtuch über den Schultern mitten in der Küche auf einen Stuhl. Es ist seltsam, sie auf diese Weise zu berühren. Es hat etwas Intimes, das mir gar nicht gefällt.

»Du solltest deine Haare so tragen«, sage ich, und lege sie ihr über die Schulter nach vorn, »man müsste dafür nur ein bisschen mehr abschneiden als sonst immer.«

Mutter schüttelt den Kopf. »Das macht mich alt. Das brauche ich nich mal ausprobieren – das weiß ich einfach.«

»Aber es kleidet dich, wenn deine Haare dein Gesicht einrahmen.«

Ich kämme sie und lege ihr die Haare richtig, doch Ann will nichts davon wissen.

»Lass das«, sagt sie, »du bringst mich dazu, mich alt zu fühlen.«

»Du wirst doch auch älter«, sage ich, »ist das denn schlimm?«

»Ich habe dich nicht gebeten, mir die Haare zu schneiden, um mir so etwas anzuhören«, sagt sie, »wenn ich Näheres darüber wissen will, brauche ich doch bloß morgens in den Spiegel zu schauen.«

»Wie du willst«, sage ich.

Ich nehme die Schere und beginne. Mutters Haare sind dick wie Wollfäden, doch sie fallen nicht richtig. Das macht es leichter, das Resultat vorherzusehen. Trotzdem bringt mich das Schneiden ins Schwitzen. Mutter starrt nach vorne, und ich erkenne, wie ungeduldig sie ist, obschon sie sich zusammenreißt. Als ich endlich fertig bin, hole ich den Spiegel. Sie sieht sich das Ergebnis an.

»Du hast zu viel abgeschnitten. Warum hast du das getan?«

»Ich hab nur die Spitzen geschnitten. Fast nichts.«

»Nein, das darf nicht wahr sein. Ich werde Lillian bitten, sich das noch einmal anzuschauen, wenn sie wieder da ist.«

»Es ist schön geworden, Mama, – Lillian hat bestimmt Besseres zu tun.«

Es ist lange her, dass ich sie zuletzt Mama genannt habe. Wir waren wohl beide gleichermaßen erschrocken, denn keiner von uns beiden pflegt sich noch so auszudrücken.

Ich rufe Jarle an und frage, ob ich zu ihm kommen kann. Wir kennen uns seit dem Kindergarten. Eigentlich haben wir uns nichts zu sagen, aber das macht nichts.

»Ist Ann zu Hause?«, fragt er, »hat sie gemerkt, dass du da bist?«

»Ich weiß nicht, vielleicht hat sie es gefühlt. Das Problem ist bloß, dass ich mir nicht sicher bin, ob sie es wirklich ist. Sie können ein Double geschickt haben.«

Jarle amüsiert sich. »Es tut gut, mal wieder mit dir zu reden«, sagt er, »ich weiß nicht mehr, wann wir uns das letzte Mal gesehen haben, nur noch, dass wir uns gestritten haben.«

»Weihnachten«, sage ich, »wir haben uns nicht gestritten.«

Am Nachmittag besuche ich Jarle und seine Eltern – sie sind Anthroposophen – und Jarles Schwester Nina, die Fotomodell ist und gerade auf der Titelseite eines Wochenblattes war. Jarles Eltern sind angenehm. Alle sind freundlich. Nina sieht wie auf all den Fotografien in diesen Zeitungen aus, und Jarles Mutter fragt, wie es mir geht. Ich sehe Jarle an und antworte, es gehe mir ausgezeichnet. Er blickt auf seine Nägel, und ich weiß, was er denkt. Nina geht früh ins Bett und Jarles Eltern fragen, ob ich nicht bleiben will.

»Es ist doch nicht schön, jetzt alleine durch den Wald zu gehen«, sagen sie.

Jarles Vater erzählt, dass es vor ein paar Wochen einen Vergewaltigungsversuch gegeben habe, sie schütteln die Köpfe. »Es ist Sommer, Touristen«, sagen sie. Es ist unvorstellbar, dass so etwas in ihrer Nähe geschehen kann. Bei ihnen hört sich alles so freundlich und einfach an, wie der Refrain eines Kinderliedes. Ich weiß nicht, ob sie noch andere Gründe habe, mich zu bitten, bei ihnen zu bleiben. Sie waren immer freundlich zu mir. Ich weiß nicht, was sie erwarten.

Ich übernachte bei ihnen, in Jarles Bett. Er liegt neben mir, und ich fühle mich wie ein freches Kind, das in der Ecke steht, um Buße zu tun. Doch, ich erinnere mich jetzt, wie es war, als ich das letzte Mal zu Hause gewesen war. Wir haben uns nicht gestritten, wir haben versucht, miteinander zu schlafen, doch es hat nicht geklappt. Er liegt ganz still. Einmal frage ich, ob er schläft, aber er antwortet mir nicht. Ich weiß nicht, warum ich mich schäme.

Ich blättere durch das Album, alte Fotografien. Mutter als Siebzehnjährige – in der Zeit, als sie meinen Vater kennen lernte. Bilder von ihr und ihren Freundinnen auf einem Schulausflug nach Paris. Ein Jahr später ging sie mit dem Ballett wieder dorthin und erkrankte auf der Reise. Eitrige Mandelentzündung. Primadonnaallüren, sagten die Veranstalter, es gab einen rechten Eklat, als sie sich weigerte aufzutreten. Sie fuhr zurück und begegnete meinem Vater auf irgendeinem Fest.

»Wenn ich nicht krank geworden wäre, hätte ich ihn niemals getroffen – wenn du willst, kannst du das Schicksal nennen. Ich ging damals nicht aus, das Einzige, was mich interessierte, war der Tanz. Doch nach Paris nahm ich mir vor, eine Pause zu machen. Gemeinsam mit ein paar Theaterschülern ging ich auf das Fest. Und da stand er plötzlich.«

Sie verlobten sich nur wenige Wochen später. »Dein Vater tanzte schlechter als irgendjemand sonst, den ich kannte«, pflegte Ann zu sagen, »für ihn war das Ballett eine senile Kunstform. Er verletzte mich vom ersten Augenblick an, aber er hatte ein Motorrad. Genau wie Michael. Vielleicht gefällt uns der gleiche Typ Mann. Dein Vater und sein Motorrad – sie gehörten irgendwie zusammen.«

Es ist lange her, dass sie darüber gesprochen hat. Wir reden schon lange nicht mehr über *diese Sache,* wie Mutter die Beziehung zu ihm nennt. Als sei sie Teil eines größeren Archivs, in dem ihre weniger geglückten Bekanntschaften katalogisiert wurden – eine abgeschlossene Sache, nicht der Rede wert. Ich weiß nicht, wie sie über ihn denkt.

»Er ist Geschichte«, sagt sie, »einfach Geschichte.«

Der Fernseher läuft im Wohnzimmer. Ich kann mich nicht daran erinnern, ihn eingeschaltet zu haben, doch ich muss es gewesen sein – Mutter sieht niemals fern. Sie sagt, sie habe das Gerät wegen Lillian, die sich gern die Samstagabendunterhaltung anschaue. Ich glaube aber nicht, dass Mutter wirklich weiß, was Lillian mag. Oder, wenn wir schon dabei sind, irgendjemand anders.

Ann probt im größten Zimmer, das zu einer Art Probenraum umgebaut worden ist. Sie arbeitet dort, wenn sie zu Hause ist, ich höre die Trommeln ganz deutlich, Mutter liebt afrikanische Musik.

»Marie«, ruft sie durch die offene Tür, »schalte den Fernseher bitte aus, wenn du nicht fernsiehst.«

»Du kannst ihn doch bei all dem Lärm unmöglich hören«, sage ich, obgleich ich weiß, dass sie mich nicht hört.

»Marie?«

Sie ruft erneut. Ein paar Mal. Ich lasse sie rufen.

»Marie, bist du hier?«

Sie tritt in ihrem engen, lila Trikot auf den Flur; außer Atem, ein paar ihrer schwarzen Haare haben sich gelöst und kleben an ihrem verschwitzten Hals. Mutter ist fünf- oder sechsundvierzig – ich bin mir nicht ganz sicher – doch sie sieht nicht so aus. Nur ein paar dünne Linien auf der Stirn und um den Mund herum. Sie ist noch immer hübsch. Sie sagt, das habe sie der Disziplin zu verdanken, die sie in ihrer Jugend durch den Tanz erlangt habe, und dann beklagt sie sich darüber, dass ich niemals irgendeine Art von Sport getrieben habe.

»Sex«, pflege ich zu sagen.

»Ja«, sagt sie, »wenn du anfängst, das als eine Art Sport anzusehen, steht es schlecht um dich.«

Ich bringe es nicht einmal über die Lippen, zu sagen, sie sei prüde, in Wirklichkeit hat sie wahrscheinlich mehr Sex als ich. Sie hat einen guten Namen, hatte mit zwei norwegischen Stücken einen schönen Erfolg im Ausland, so dass die Leute sie sehen wollen. Auf der Bühne ist sie unübertroffen.

Mutter denkt noch nicht daran, stehen zu bleiben und sich damit abzufinden, dass die Zeit vergeht.

»Mutter? Wo bist du?«

Sie schaltet das Licht ein. »Warum sitzt du hier im Dunkeln? Erzähl mir nicht, du hattest es nicht bemerkt.«

»Ich habe es nicht bemerkt. Hast du Lust, ins Kino zu gehen?«

»Wo denkst du hin? Ich arbeite.«

»Ja, natürlich.«

Sie sieht zum Fernseher. »Etwas Interessantes?«

Ich schüttle den Kopf.

»Warum guckst du dann?«

»Ann«, sage ich, »erinnerst du dich noch daran, dass wir einmal darüber gesprochen haben, gemeinsam in Urlaub zu fahren – nach ... nachdem das mit Michael geschehen ist?«

»Natürlich«, antwortet sie, »natürlich erinnere ich mich daran. Ich dachte, wir hätten uns geeinigt, nicht mehr über Michael zu sprechen.«

»Nein«, sage ich, »ich will ja auch nicht über ihn reden – du hattest damals vorgeschlagen, gemeinsam eine Reise zu machen. Du meintest, ich sollte kein schlechtes Gewissen haben.«

Ich bemerke ein kleines Zittern an ihrem Mundwinkel. Mutter geht zum Fernseher hinüber, schaltet ihn aus, und das Bild flimmert noch eine Sekunde, ehe die Mattscheibe schwarz wird.

»Es macht doch keinen Sinn, den Fernseher laufen zu lassen, wenn du nicht zusiehst. Es stört mich, wenn ich weiß, dass dieser geistlose Apparat läuft. Du bist genauso schlimm wie Lillian.«

»Ich will wissen, warum du glaubtest, ich hätte ein schlechtes Gewissen.«

»Das bildest du dir ein Marie.«

Mutter reibt sich mit der Hand über die Stirn, sie mag es nicht, beim Üben unterbrochen zu werden. Insbesondere, wenn der Grund dafür nicht wichtig ist.

»Nein, ich bilde mir nichts ein. Du hast gesagt, ich rauchte zu viel – hast du nicht von Hasch gesprochen? Und dass ich die Fähigkeit verlöre, zwischen Traum und Wirklichkeit zu unterscheiden.«

Ann steht einen Augenblick still da. Sie versucht, ihr Haar mit einem Klämmerchen hochzustecken, aber es fällt wieder nach unten. Schließlich gibt sie auf.

»Der Meinung bin ich noch immer, ja – du, und Michael auch. Ich wusste sehr wohl, was ihr so getrieben habt. Du kannst froh sein, dass ich dir nicht verboten habe, ihn zu treffen.«

»Aber du warst doch gar nicht da, Ann. Wie wolltest du mir denn etwas verbieten?«

Ann lächelt, sie geht nicht zu Boden, liegt nicht wie ein Trottoir da, das ich mit Füßen treten könnte, sie lächelt immer, wenn sie dabei ist, jemanden zu verletzen, und spannt ihr Bein an.

»*Du* warst es, die nicht da war – und es wundert mich nicht, dass du noch immer so weitermachst. Weißt du, wie ich das nenne? Ich würde sagen, du träumst dich aus dem Leben weg, von allem Wichtigen!«

»Fang nicht wieder *damit* an. Ich weiß, was du über Michael denkst.«

»Er hatte Begabungen, ganz sicher, die hatte er. Aber er hat sie nie genutzt, Marie. Er war wie ein Flugzeug, das nie von der Rollbahn abgehoben hat. Ich will nicht, dass dir das Gleiche passiert.«

»Wie edel.«

Ann ist jetzt wütend, so wütend, wie das bei ihr möglich ist. Die Choreografie wird nie außer Acht gelassen – aber sie übertreibt ihre Gestik. Tut genau das, was sie mir vorwirft. Vielleicht sind wir uns wirklich zu ähnlich, als dass wir uns gegenseitig ertragen könnten.

»Ich weiß, dass du nicht erst gestern auf die Welt gekommen bist, Marie. Was ihr damals getrieben habt, das hat sicher mit dazu geführt, dass es so gekommen ist, wie es gekommen ist. All die Angst. Das ist jedenfalls meine Meinung.«

»Warum sagst du es nicht direkt: Du willst mir die Schuld geben!«

Ich stehe auf und gehe an ihr vorbei aus dem Haus, ich kann hören, dass sie mir hinterher ruft. Das alte Spielchen.

Ich gehe allein ins Kino. Es gibt nur *einen* Film in dem lokalen Kino. Eine harmlose Geschichte über ein Ehepaar, das einen Jungen adoptiert, der anscheinend aus dem Nichts auftaucht. Es stellt sich heraus, dass er eine Vorgeschichte als Versuchsobjekt der amerikanischen Militärforschung hat, der Junge ist ein Roboter mit dem Äußeren eines Kindes und dem Gehirn eines Computers. Natürlich hat er ein gutes Herz und ein Lächeln, dem man sich nicht entziehen kann. Nach einer unglaubwürdigen Flucht vor dem bösen Militär, das die künstliche Intelligenz des Kindes demontieren will, wird schließlich alles gut. Es kommt mir so vor, als hätte ich den Film schon einmal gesehen – aber das geht mir bei dieser Art Film oft so.

Auf dem Weg aus dem Kino treffe ich eine alte Freundin, Lisa. Ich sehe sie zuerst – und entschließe mich, mich rasch aus dem Staub zu machen, doch sie entdeckt mich und kommt angerannt.

Sie ist in Begleitung ihres Mannes, einem groß gewachsenen Yuppie mit überschwänglichem Lächeln, aber trotzdem leicht gejagtem Ausdruck in den Augen, als habe er eben bemerkt, dass er etwas vermisst. Sicher hat er die

Dokumentenmappe verlegt und versucht, dennoch freundlich zu sein. Sie sind frisch verheiratet und strahlen die Art von Liebe aus, die es nur auf Hochzeitsfotos gibt. Alle anderen erscheinen auf diesen Bildern als ein mehr oder weniger gelungener Hintergrund. Jetzt bin ich an der Reihe. Sie wollen sehen, wie ich ins Album passe. Ich versuche anzudeuten, dass ich überhaupt nicht hineinpasse, doch sie bestehen darauf. Ich bekomme erzählt, dass sie nur für einen kurzen Besuch bei den Eltern hier seien. Eigentlich wohnten sie in Oslo und kämen nicht so oft hierher.

»Aber gerade das macht es ja so schön, alte Bekannte zu treffen«, beteuert er. »Alle Freunde von Lisa überraschen mich.«

Ich glaube zu verstehen, was er meint. Ich zweifle daran, dass er mein zerlumptes Tote-Hosen-T-Shirt übersehen hat, das Skelett des toten Vogels, das über dem Bandnamen prangt. Ich bringe es nicht übers Herz, ihm zu erzählen, dass Lisa nie zu meinen engsten Freundinnen gezählt hat. Und ganz offensichtlich scheint auch sie das nicht verraten zu wollen.

Sie zerren mich in ein Café, das direkt hinter dem Kino liegt. Samstags ist hier wohl immer Tanz, doch ich kann mich nicht daran erinnern, schon einmal hier gewesen zu sein. Es ist einer dieser Orte, denen ich immer auszuweichen versuche. Lisa erzählt mir, dass sie früher oft hierher gekommen ist. Das wundert mich nicht. Wenn ich mich richtig erinnere, war sie in einer Clique mit den Fußballhelden der Schule und deren Groupies.

»Hier habe ich früher meine Jungs getroffen«, sagt sie schelmisch zu ihrem Mann, der noch immer versucht, sich freundlich zu geben, doch der gejagte Ausdruck in seinen Augen wird immer auffälliger. Die Art, in der sie *meine Jungs* sagt, treibt mir einen Schauer über den Rücken, aber vielleicht ist es auch die Musik, die mich frieren lässt – eine träge, schwedische Tanzkombo ohne Sinn und Verstand. Es gibt Sitzecken mit mehr Energie und Lebenslust als diese Ansammlung menschlicher Wesen.

Sie beugt sich zu mir.

»Hast du etwas von Michael gehört?«, fragt sie.

Michael. Das kommt zu plötzlich. Ich frage mich, ob sie mir das ansieht. »Nein«, antworte ich ruhig, »es ist lange her, das mit Michael und mir.«

»Tut mir Leid«, sagt sie, »ich hab gehört, dass es zwischen euch aus ist, aber ich dachte, du hättest vielleicht noch Kontakt.«

Sie sieht ein wenig traurig aus – und ein ganz klein bisschen schadenfroh – oder vielleicht bilde ich mir bloß wieder etwas ein. Sie weiß ganz sicher nicht, was geschehen ist. Aber vielleicht ahnt sie etwas.

»Tut mir Leid«, sagt sie noch einmal.

Mutter beschließt, dass wir uns zusammenreißen sollen. Wir machen perfekte Sachen, sitzen im Wohnzimmer, lauschen der Symphonie Fantastique von Berlioz, während wir kleinen rosafarbenen Meerestieren die Hälse brechen und dazu Weißwein trinken; Mutter erzählt von ihrer letzten Reise und streut kleine Anekdoten ein. Gelungen. Sie zeigt die Bilder, die sie gemacht hat – von dem Ensemble, den Gebäuden, in die sie sich verliebt hat und einem netten Kellner. Eine Reise nach New York, Staten Island. Auf einem der Bilder steht sie mit einem jüngeren Mann zusammen auf einem Balkon, er hält einen Schal hinter ihrem Rücken bereit, offenbar um ihn ihr über die Schultern zu legen. Ich habe ihn noch nie gesehen, er gehört nicht zum Ensemble. Sie nimmt mir das Bild etwas zu schnell weg und spricht bereits vom nächsten, wobei sie, glaube ich, ein bisschen rot wird, aber ich bin mir nicht sicher.

Kaum zu Hause angekommen, feiert sie ihre Heimkehr mit einem Frauenabend. Die meisten von Mutters Freundinnen sind um die vierzig, wie sie selbst. Sie sind, glaube ich, viel allein. Fast alle sind geschieden. Sie arbeiten viel, fast den ganzen Tag, doch wenn der Abend kommt, sind sie sich selbst überlassen. Keine Kinder, um die man sich noch kümmern müsste, kein Mann, an den sie per Vertrag gebunden sind. Die meisten von ihnen verdienen gut und haben den Job , den sie sich gewünscht haben; sie leiten eine Galerie, designen, sind ihre eigene Chefin, sind Psychologin und Lektorin – und einige von ihnen arbeiten wie Mutter im Theater. Irgendwann waren auch sie einmal die Freaks, die sich in ihren Wohngemeinschaften über den Putzplan gestritten haben, doch dort sind sie schon lange ausgezogen. Jetzt lassen sie ihre Haare von einem netten Schwulen färben, der ihnen erzählt, dass es noch Jahre dauern wird, ehe ihre Haaransätze ergrauen. Sie nehmen Stunden in afrikanischem Tanz und gehen irgendwann einmal mit einem jungen Schwarzen ins Bett, wonach sie sich multikulturell, aufgeschlossen und solidarisch fühlen.

»Marie ist auf eine Stippvisite nach Hause gekommen«, sagt Mutter und setzt ihr Hyänenlächeln auf. Die Freundinnen applaudieren.

Ein paar betrinken sich und erzählen von jungen Männern, die sie mit nach Hause genommen haben und die mit ihnen gespielt hätten, sie geleckt, gedreht und gewendet hätten, so dass sie zu guter Letzt hätten schreien müssen. – Das hört sich nicht nach Lust an, sondern nach Schmerzen, die sich schon lange angestaut haben. Sie sind leere, delikate Schachteln, sie klappern, doch es kommt nichts heraus. Unter der modischen Verpackung erinnert nichts an Gefühle. Mit ihren teuren, gierigen Mündern haben sie Männer geküsst, die dann ganz langsam wieder von ihnen gegangen sind. In allem, was sich diese Frauen vornehmen, liegt ein Rhythmus, der nicht gestört werden darf.

Irgendwann habe ich genug. Ich entschuldige mich und sage, ich müsse ein paar Schritte machen, doch keine scheint mich zu bemerken.

Ich nehme den Umweg über die Landstraße hinauf zu Jarle, der aber ein paar Freunde zu Besuch hat. Sie sehen sich Videos an und trinken Bier. Ich kenne ein paar von ihnen. Wir nicken uns kurz zu, der Film ist ein alter Gruselstreifen aus den Fünfzigern, *Them!*, Riesenameisen erobern Los Angeles. Die haarigen Giganten sind Mutationen, die nach einem Atombombenversuch in der Wüste entstanden sind und die sich ähnlich schnell ausbreiten wie McCarthys Kommunismusgespenster. Sie beginnen gerade, zwei kleine Jungen zu attackieren, als einer der Helden im letzten Moment mit einem Flammenwerfer auftaucht. Die Mutter des Jungen knetet Taschentücher, sie hat nie einem Insekt etwas zu Leide getan und fragt sich, womit sie all das verdient hat. Ich bleibe bis zum glücklichen Ende des Filmes und gebe Jarle in der Tür einen Abschiedskuss. Er fragt, ob ich bleiben will, doch ich sage, dass ich nicht kann. Auf dem Rückweg muss ich laufen, um nicht bis auf die Knochen nass zu werden. Ich muss länger fort gewesen sein, als ich dachte, denn als ich zurückkomme ist Ann allein. Ich schaue in der Küche nach Resten, doch Mutters Freundinnen scheinen alles bis auf den letzten Tropfen vernichtet zu haben. Überall sind Flaschen; auf dem Boden, den Regalbrettern und gleich mehrere auf dem niedrigen, japanischen Tisch in der Stube. Mutter sitzt mit einer glühenden Zigarette zwischen den Fingern auf dem Sofa. Sie macht keine Anstalten, die bis zum Filter heruntergeglühte Kippe auszudrücken.

»Gratuliere«, sagt sie, »warum tust du mir *das* jetzt wieder an? Ach ncin, sag nichts.«

Michael veränderte sich in dem letzten Jahr, bevor ich fuhr. Ich konnte einfach nicht mehr mit ihm reden. Wenn wir zusammen waren, wollte er mit dem Auto herumfahren, und wenn ich vorschlug, mal ins Kino oder in die Stadt zu gehen, hatte er keine Lust.

»Ich kann dich hinfahren«, sagte er, – »ich warte dann auf dich.«

»Ohne dich will ich nicht gehen, Michael«, sagte ich.

»Okay, dann gehen wir nicht.«

Wir fuhren zu einem Flohmarkt an der weiterführenden Schule. Es war merkwürdig, wieder in den alten Räumlichkeiten zu sein, als ob viele Jahre vergangen wären. Ich traf alte Freundinnen, manche von ihnen hatten schon während der Schulzeit geheiratet. Sie hatten Kinder oder wollten welche haben und sahen aus wie ihre eigenen Mütter, als sie die ausgestellten, alten Klamotten anprobierten.

»Wo hast du deinen Freund versteckt?«, fragten sie.

»Er sitzt draußen im Auto«, sagte ich.

Ich ging, um ihn zu holen, doch er weigerte sich. Er ließ nicht einmal die Scheibe herunter. Ich musste die Tür öffnen und mich hineinbeugen. Das ganze Auto war ein einziger Schweinestall. Überall lagen Papier und alte Orangensaftpackungen herum.

»Ich kenne deine Freundinnen doch nicht einmal«, sagte er, »ich bin doch nicht mit denen zusammen, sondern mit dir.«

»Aber willst du sie denn nicht treffen? Sie nicht kennen lernen? So, wie du dich verhältst, hättest du doch gleich zu Hause bleiben können.«

Er steckte den Schlüssel ins Zündschloss. »Ich will im Auto bleiben.«

»Verdammt, Michael! – Du kannst doch nicht ständig im Auto bleiben.«

»Ständig ist ein sehr dehnbarer Begriff«, sagte er ärgerlich, »ständig, ständig – warum sagst du das? Du weißt, dass ich das nicht mag.«

»Mein Gott, Michael, das ist doch bloß ein Wort – wie das Wort ›Zeit‹, das gefällt dir ja auch nicht. Kannst du mir mal sagen, womit du deine Zeit verbringst, wenn du im Auto sitzt?«

Er schüttelte heftig den Kopf, und seine schmalen Finger umklammerten das Lenkrad.

»Ich bewege mich neben *der Zeit«, sagte er, »an ihrem Rand. Die Zeit schließt mich nicht ein. Nicht, solange ich das Auto habe.«*

Die Bilder im Album sind äußerst sorgsam eingeklebt worden. In umständlicher Blockschrift stehen Namen und Jahreszahl unter jedem Foto, manche haben abgerundete Ecken oder sind herzförmig. Mutter als Frischverlobte, Vater mit seiner größten Liebe – dem Motorrad. Es fällt mir schwer, sie mir zusammen vorzustellen. Zu Beginn der Siebziger, als er seine Zeit noch mit ihr und mir verbrachte, mieteten sie in einem Sommer ein Haus im Sørland. Für gewöhnlich reparierte er sein Motorrad unter der Eiche in dem großen Garten hinter dem Schuppen, in dem er die Maschine nachts abstellte. Er hatte einen nackten Oberkörper, überraschend grüne Augen und einen ganzen Berg Werkzeug. Über seine Maschine gebeugt sprach er mit den Passanten, die auf dem Weg vorbeikamen. Die Jungs aus der Nachbarschaft blieben ein paar Mal stehen und sahen ihm lange zu. Sie betrachteten die Maschine und ihn. Er sprach zu ihnen oder zu dem Motorrad, und die Zuschauer gaben einsilbige Antworten. Sie standen direkt unter der Eiche, die schon lange vor dem Haus dort gestanden hatte; die Eiche mit den kräftigen Zweigen, die in Anbetracht all der Jugend ein wenig herabzuhängen schienen. Ganz besonders *ein Junge* blieb immer wieder stehen. Er mag vielleicht etwa siebzehn gewesen sein – er fragte meinen Vater Verschiedenes über das Motorrad, das hatte ich gehört. Oft standen sie da und diskutierten. William gestikulierte und zeigte mit seinen ölverschmierten Händen auf etwas, und der Junge nickte oder lächelte schief.

An einem ganz speziellen, warmen Julitag bemerkte ich, dass er nicht mehr hinter dem Zaun stand, sondern hereingekommen war. Seine Kameraden waren nicht zu sehen. Er saß in der Hocke, und seine Arme ruhten auf seinen Knien. Seine Hände waren gefaltet, er kauerte da und beugte sich nach vorn, doch es war nicht das Motorrad, das er betrachtete, es war mein Vater. Aufmerksam lauschte er jedem Wort, und der Ausdruck, der auf seinem Gesicht lag, war neu, als habe ihn irgendeines der Worte meines Vaters darauf gezaubert. Ich saß auf der Treppe vor dem Haus und fuhr mit einem Farbstift auf dem Holz hin und her, das war verboten, aber ich war viel zu gefangen von den Geschehnissen an der Eiche, um es zu bemerken. Sie unterhielten sich jetzt, mein Vater hatte seine Arbeit am Motorrad unterbrochen, er hielt sich die Hand über die Augen, um die Sonne abzuschirmen.

Ich weiß nicht mehr, warum ich ins Haus gerufen wurde – doch als ich eine Stunde später wieder nach draußen ging, waren Wolken aufgezogen. Die ersten Regentropfen fielen auf das Dach des alten Schuppens, die Zweige der Eiche bogen sich noch ein Stück weiter hinunter, und die Ecke des Zeitungspapiers, auf dem das Werkzeug lag, flatterte in einer plötzlichen Windböe. Sonst war alles still. Das Motorrad stand dort, glänzend wie eine Rüstung und ebenso leer und leblos. Ich sah mich um, doch sie waren verschwunden. Drinnen im Haus rief Ann nach mir. Ich beugte mich vor und fuhr mit meiner Hand über die Farbstriche auf der Treppe. Sie rief noch einmal.

Der Regen begann plötzlich herunterzuprasseln, und die Treppe wurde fleckig; ich streckte meine Hand aus und zog sie wieder zurück. In meiner Handfläche hatte sich ein kleiner Teich gebildet, der mir langsam durch die Finger rann. Ich leckte das Wasser weg, es schmeckte nach nichts, ließ aber den Geruch von Metall in der Nase zurück. Ich sah meinen Vater wie aus dem Nichts herbeirennen, er rannte zum Motorrad und begann es in den Schuppen zu manövrieren. Er trug noch immer kein Hemd, und seine Haare hingen ihm in die Stirn. Er sah aus wie jemand, der lange unter Wasser geschwommen war und auftauchte, um einen Augenblick Luft zu holen.

Nachdem er das Motorrad hineingeschoben hatte, befestigte er das Vorhängeschloss an der Tür des Schuppens, sammelte die Zeitung und das Werkzeug ein – und legte sich das zusammengerollte, nasse Hemd wie eine Schlange über die Schultern. Er rannte jetzt nicht, er ging langsam zum Haus und die Treppe hinauf. Dann rief er Mutter etwas zu. Er sah mich nicht, er bemerkte nicht einmal, dass ich dort saß.

»Da bin ich wieder«, rief er. Seine einfache, unbekümmerte Stimme – schon damals eine Lüge.

Wenn ich später daran dachte, mir diese Szene in Erinnerung rief, wenn ich alleine war, wenn sie in meinen Träumen auftauchte, nachdem er uns verlassen hatte, war das immer mit einem raschen, scharfen Schmerz verbunden, der mich lähmte. Dieser Schmerz steckt in meinem Körper, genau wie die Worte: *Ich liebe dich.*

Ich trinke Lillians Wein und sortiere alte Bilder. Klassenfotos von einer Reise nach Kopenhagen in der Siebten, das Schulorchester, Feten bei Jarle. Jarle mit seiner ersten Band, sie proben im Keller der Schule. Victor und ich sind ihre Fans. Victoria. Wir gingen immer zusammen zur

Tanzschule. Wir haben uns über unserem ersten Martini und den ersten, peinlichen Jungs miteinander verschworen. Jahre lang haben wir zusammengehalten. Bis sie heiratete und alles einschlief. Wir sitzen im Bildhintergrund, beide in den lila Hosen, die ihre Mutter aus dem gleichen Stoff für uns genäht hatte, beobachten Jarle, den wir beide mögen, und planen, wie wir ihn in die Mädchengarderobe der Sporthalle locken können, während wir beide uns gerade umziehen. Wir haben wilde Pläne und rauchen bereits fünf Zigaretten pro Tag, um den richtigen, verführerischen Ruf zu bekommen. Wir husten und räuspern uns, und unsere Fingerkuppen werden bereits ein bisschen gelb. Das Bild ist eines der wenigen, auf dem meine Klammer zu sehen ist, ich habe vergessen, den Mund zuzumachen, das Metall glänzt – ich lache aus vollem Hals mit meinem großen, unzensierten Mund, ein schrecklicher, fabelhafter Anblick. Er macht mich traurig.

Mutter fragt mich, was ich jetzt in Berlin zu tun hatte.

»Warum gerade Berlin?«, fragt sie. »Hättet ihr, Adrian und du, nicht einen anderen Ort finden können, um euch zu quälen?«

»Doch, Mutter«, antworte ich.

Sie hat immer behauptet, ich hätte ein ganz besonderes Talent in Schwierigkeiten zu geraten.

Wir machen einen Spaziergang im Wald. Mutter trägt ein altes Sommercape. Ich glaube, ich kenne es noch aus meiner Kinderzeit. Damals sagte sie, ich solle mutig sein. Das Wichtigste sei es, genug Mut zu haben, um rechtschaffend zu sein. Ich wagte ihr niemals zu erzählen, wie feige ich war, wusste aber die ganze Zeit, dass sie es herausfinden würde.

Sie spricht über das neue Stück, bei dessen Aufführung sie gerade mithilft, sie wird selbst nicht mitspielen, sondern nur helfen, die Schüler von der Theaterschule instruieren. Ganz versunken in ihre Worte, gestikuliert sie und erzählt witzige Begebenheiten von den Proben, sie kann sie alle nachahmen, ob sie sie nun mag oder nicht. Ich sehe sie an. Mutter hat die Vormachtstellung. Doch sie beginnt, etwas von ihrer Überzeugungskraft zu verlieren.

Als ich das letzte Mal zu Hause war, fand sie ein bisschen weißes Nasenpulver, das ich in meinem Zimmer versteckt hatte. Wir haben später nicht mehr darüber gesprochen. Doch ich weiß, dass sie sich Gedanken darüber macht. Es ist mir egal. Im Schlamm sind schwarze Traktorspuren, und ich habe keine Lust, weiterzugehen. Es macht mir keinen Spaß, so tief in den Wald zu laufen, ich mag die Dunkelheit dort nicht, und ich will dort nicht mit Mutter hinein. Ich bleibe stehen, sie vollendet ihre Geschichte und nimmt mich wahr.

»Ich mag hier auch nicht weiter«, sagt sie leicht, »lass uns nach Hause gehen.«

Es gibt Orte, an die nicht einmal Mutter kommt. Im Theater, auf der Bühne, wenn man ihr applaudiert – ich glaube, sie denkt an mich und William. In den Nächten, in denen sie nicht da ist, trägt er mich in ihr Bett, und ich lege meinen Kopf auf seinen Arm. Wir schlafen ruhig und ahnungslos, die ganze Nacht. Später schlafen wir jeweils im eigenen Bett, nachdem sie uns getrennt hat. Sie hat einen Strich unter die Sache gezogen, mit großer Sorgfalt eine Mauer errichtet. Sie drängt mich zu Telefongesprächen und dazu, Kassetten aufzunehmen. In regelmäßigen Abständen wird meine Stimme über die Mauer geschickt, und es kommen halb bespielte Kassetten zurück, auf denen Vater erzählt, dass ich ihm fehle und dass ich nicht noch mehr Lieder singen müsse, wenn ich nicht wolle. Doch Mutter besteht darauf. Ich weiß, um was es geht. Es geht um Geld und Vernunft. Messbare Einheiten, sowohl als auch, laut Mutter.

»Dein Vater wird verreisen, Marie, – Sag ihm jetzt auf Wiedersehen, morgen früh bist du sicher zu müde.«

Durch das Fenster sehe ich, dass er unten im Garten sein Motorrad bepackt, er hat einen neuen Helm, neue Handschuhe, und wirft einen Stein gegen den Zaun, der zurückspringt. Es ist schon spät, und ich habe einen trockenen Hals vom Luftanhalten. Er klopft mir auf den Rücken, sieht ängstlich aus.

»Ich hab dir doch gesagt, dass du das nicht tun sollst.«

Ich habe gehört, was er zu ihr gesagt hat: »Warum hängst du mir denn keinen Sender um, damit du immer weißt, in welchem Radius ich mich bewege?«

»Du kannst mich nicht mehr verletzen«, hat sie geantwortet.

Sie standen in der Küche, die Korbstühle knirschten, als er sich, den Kopf in den Händen, hinsetzte und ihre Haare Feuer fingen in der Sonne, die durch das Fenster hereinfiel. Doch sie geht würdevoll herum. Nimmt es wie eine Königin.

Ann blickt aus dem Fenster. Was sieht sie? Sie zieht die Schultern hoch.

»Du hast das Auto noch immer«, sagt sie, »ich dachte, du wolltest es verkaufen. Ich mag es nicht.«

»Das spielt doch wohl keine Rolle. Es ist einfach ein Auto.«

»Michaels Auto. Ich begreife nicht einmal, wie du dazu gekommen bist.«

»Wie meinst du das?«

»Hör mal: ich will damit nichts andeuten: Ich finde einfach, dass es merkwürdig ist, dass du es bekommen hast.«

Ich habe Michaels Auto. Ich denke an Dinge, an die ich nicht denken sollte. Jarle ruft an und fragt, ob ich nicht zu ihm hinaufkommen will, seine Freundin sei bei ihm. Ich wusste nicht einmal, dass er eine Freundin hat, das muss neu sein. Ich sage zu und ärgere mich wie gewöhnlich sofort darüber, ich habe keine Entschuldigung, die greifen würde.

Wir sitzen in Jarles Kellerwohnung, ich höre seine Freundin reden oder auch nicht, egal. Es ist doch nichts dabei, was mir in Erinnerung bleiben würde. Sie haben in Jarles Sofa Platz genommen, ich sitze ihnen gegenüber auf dem Stuhl und frage mich, ob sie weiß, dass ich bei ihm übernachtet habe. Sie hat dickes Haar mit einem leichten Afrotouch. Rot wie dünne Kupferfäden, die ineinander gedreht zu sein scheinen. Sie redet von einer Umweltaktion, an der sie teilnehmen möchte, und will mich und Jarle überreden, mitzumachen. Manchmal fühle ich mich beinahe schwerelos. Ich blicke Jarle an, er scheint nicht zu hören, was sie sagt. In der achten Klasse saßen wir auf dem gleichen Sofa und versuchten krampfhaft, Händchen zu halten, *schmusen* nannten wir das, und das Wort ließ uns an alles Mögliche denken und es auch tun, wir zogen aber nur unsere Kleider aus. Anschließend hatte ich einen angetrockneten Fleck auf einem Hosenbein. Ich begriff, was das war und kratzte den Fleck mit meinen Nägeln ab, bis er kaum noch zu sehen war.

Jarles Freundin zieht eine Spinnwebe aus der Gardine und fragt, ob wir zu Steinen erstarrt seien.

Es ist Spätsommer. Ich bin schon fast einen Monat zu Hause, als Lillian zurückkommt und wieder ihr Atelier bezieht. Einen Moment lang wirkt das Haus verändert. Überall ist Licht; Lillians Chaos erobert sich immer mehr von dem Platz zurück, der durch Mutters Ordnung während ihrer Abwesenheit verloren gegangen war. Mutter bezeichnet sie als chaotischen Schmutzfink. Lillian selbst sitzt beständig am Telefon, raucht noch mehr als früher und behauptet, ihre Verliebtheit sei daran schuld. »Vielleicht ziehe ich für eine Weile ins Vestland«, sagt sie. Allein der Gedanke daran, dass sie wieder verschwinden könnte, macht mir Angst. Wenn ich morgens aufstehe, ist es nicht mehr warm. Ich ziehe einen dicken Pullover an, fühle mich aber trotzdem nicht gut, und mir ist ein bisschen übel, wenn ich die Treppe zur Küche hinabsteige.

Lillian ist früh auf den Beinen. Ich kann sie in der Küche hören, das Brummen ihres Föhns, das Getrampel auf der Treppe. Als ich nach unten komme, spricht sie mit einer Frau, die Eier gebracht hat. Eine Nachbarin von einem Bauernhof in der Nähe – ich kenne sie vom Sehen. Die Frau trägt immer hohe Stiefel und Hosen, die so aussehen, als gehörten sie ihrem Mann. »Es geht jetzt besser«, höre ich die Frau sagen, als ich eintrete, »ich denke nicht weiter darüber nach.«

Sie erblickt mich. Ich nicke, und sie nickt zurück.

»Tja, ich sollte wohl los«, seufzt sie, »ich hab noch viel zu tun.«

»Danke für die Eier«, sagt Lillian, »schau wieder herein, wenn du Zeit hast.«

»Das kommt heraus, wenn man den Realitäten nicht ins Auge sieht«, sagt Mutter, die aus dem Bad hereingekommen ist. Sie hat sich ein Handtuch wie einen Turban um den Kopf geschlungen. Durch das offene Fenster sehe ich die Frau, die die Eier gebracht hat, den langen Weg über die Felder zu ihrem Hof zurückgehen. Einmal bleibt sie stehen, um sich die Hose tiefer in die hohen Stiefel zu stopfen.

»Du musst versuchen, es mit ihren Augen zu sehen«, sagt Lillian.

»Ha, ich soll versuchen, mir vorzustellen, dass sie immer eine gefügige Person war, die sich über zehn Jahre von diesem Chauvinisten schikanieren ließ, und jetzt glaubt, etwas verloren zu haben – weil er sie die ganze Zeit über betrogen hat?«

Mutter schnaubt. »Die muss das doch gemerkt haben. Die ganze Gegend wusste es.«

»Es ist nicht allen vergönnt, die eigenen Handlungen so glasklar einzuschätzen wie du«, verteidigt Lillian die Frau. »Gut geschlafen, Marie?«

Mutter schaltet die Kaffeemaschine ein, die eigentlich Lillian gehört. Sie trinkt nur selten Kaffee. Das muss eine neue Angewohnheit sein. Sonst trinkt sie nur Tee. Kräutertee und gekochtes Wasser. Lillian sei die Abhängige, sagt sie immer.

»Dein Mädchen sieht wirklich nicht fit aus«, sagt Lillian und holt mir einen Stuhl.

»Sie kommt schon zurecht. Sie ist wie ich.«

Mutter durchwühlt den Zeitungsberg, den Lillian neben

die Tür gelegt hat. »Mit dir und deiner Unordnung wird es schlimmer. Ist die Zeitung noch nicht gekommen?«

Sie stapelt die Zeitungen ordentlich übereinander. »Manchmal frage ich mich, warum ich die überhaupt abonniere. Ehe ich dazu komme, die Neuigkeiten zu lesen, sind sie schon wieder veraltet. Alles verändert sich beständig.«

Lillian holt eine Tasse, gießt Milch hinein und stellt sie vor mich auf den Tisch. Ich trinke schon lange keine Milch mehr, aber Lillian sorgt sich, ich könnte Calciummangel haben. »Gewohnheit«, sagt sie zu Mutter, »das ist doch auch der Grund, weshalb du dich so pedantisch an deine Ordnung hältst. Alles bloß alte Gewohnheit.«

Ich schlucke die Milch hinunter, meine Übelkeit wird davon noch schlimmer, dann hole ich tief Luft und sage: »Ich habe mir überlegt, William zu schreiben. Soll ich ihn von dir grüßen?«

Mutter schiebt gerade die Zeitungen unter den Müllsack im Küchenschrank. Sie hat mir den Rücken zugedreht, ich kann ihr Gesicht nicht sehen und weiß nicht, ob die Falten an ihren Augen tiefer werden, wie so oft, wenn sie etwas irritiert.

Ich spüre, wie gut es tut, zu verletzen, das ist eine ganz schlichte Freude.

»Wenn du willst«, sagt sie, »aber du machst doch eh was du willst.«

Ihre Stimme klingt genauso wie damals, als ich ihr erzählt hatte, dass ich ein Wochenende mit einem zwanzig Jahre älteren, verheirateten Mann verbracht hatte: *Okay, okay, tu was du willst, aber lass mich damit in Frieden.*

Als ich fünfzehn war, hörte ich auf zu essen.

»Du wirst noch wie ein Fakir aussehen«, sagte Ann, »aber tu, was du willst.«

Nach einer Weile schien sie sich Sorgen zu machen. »Was hast du heute gegessen?«, fragte sie ständig. »Du siehst bald aus wie die ältere Ausgabe von Virginia Woolf, und damit meine ich nicht die besseren Fotos von ihr.«

Ich aß Brotkrusten und verschrumpelte Äpfel, die ich hinter den Büchern im Regal versteckte, stand vor dem Spiegel und fuhr mir mit den Fingern über die Rippen. Wie auf Dope trieb ich die Straße hinunter, im langsamen Walzer an Häusern und Menschen vorbei. Unablässig wusch ich mir die Hände, um all das unsichtbare Fett abzubekommen. Ich versuchte, mir den Finger in den Hals zu stecken, doch es kam nichts; ich versuchte es wieder und wieder, bis mein Hals wund war, ich war ein Feigling. Eine Woche lang sammelte ich Fleischklößchen auf einem Teller, den ich ganz hinten in meinem Kleiderschrank versteckte. Ich aß einen Bissen nach dem anderen, doch ich erbrach mich nicht.

Ich stellte den Teller zurück, und dann stand er gut einen Monat da und schimmelte vor sich hin. Mutter öffnete die Tür und schnupperte.

»Was stinkt hier so, Marie?«

Zu guter Letzt kaufte ich vier Flaschen Brechmittel, die ich alle auf einmal trank. Ich erbrach mich den ganzen nächsten Tag. Mir wird noch immer schlecht, wenn ich Lakritze esse, der gleiche penetrante Geschmack. Mutter machte sich Sorgen. Sie schickte mich zu William. Zwei Wochen lang hockte ich auf seinem Boot in Amsterdam, wo er damals wohnte, und aß Salatblätter und Knoblauch, während mich seine Freunde für seine zehn Jahre ältere Schwester hielten. Mutter schrieb Karten und bat ihn darin, mich in ein Restaurant mitzunehmen. Wir gingen ein paar Mal. Er aß Hacksteak und redete mit Eddie, den er damals gerade kennen gelernt hatte. Ich saugte an der Gabel und achtelte sorgsam eine Tomate.

»Du brauchst nicht zu essen, Marie«, sagte sie, als ich zurückkam, »das ist nur eine Phase, ich weiß, was du fühlst. Frau Perfekt und ihr abgemagertes Fräulein Tochter – kleines Trotzköpfchen – *nichts dauert ewig, weißt du, pass auf deine Schönheit auf, solange du sie noch hast.«* Ich hätte sie bei lebendigem Leibe fressen können.

Der alte Tante-Emma-Laden lockt mit einer Eis-Woche, um einige der Kunden zurückzugewinnen, die zum großen Supermarkt übergelaufen sind. Ich packte vier Liter Erdbeereis und stelle mich damit an die Kasse. Lillian liebt Eis. Wir brauchen etwas, um unsere Fernsehabende aufzupeppen. Mampfende Wracks vor den Bildschirmen, als Nächstes schauen wir uns wohl auch noch die Sportschau an, mit falsch herum aufgesetzten Fankappen und kleinen Wimpeln in den Farben der Lieblingsvereine in den Händen.

Irgendwo hinter mir in der Schlange sagt jemand meinen Namen.

»Marie? Das kann doch nicht wahr sein!«

Sie schiebt sich vor und wirft sich mir an den Hals. Sie sieht nicht aus wie die durchschnittliche Hausfrau hier in dieser Gegend. Victor. Die Seiten ihres Kopfes sind rasiert, während in der Mitte ein dicker Haarpinsel thront. Sie trägt noch immer die alte Lederjacke von früher, als wir unsere Haare schwarz färbten, die Augen mit zu viel Kajal einrahmten und Velvet Underground hörten. Als wir Pläne machten, nach London zu gehen, um eine Band zu gründen, statt zu studieren. Weder sie noch ich haben auch nur irgendetwas davon gemacht. Ich stolperte mit Michael durchs Leben und Victor heiratete einen Klempner und bekam obendrein auch noch seine zwei Teenagersöhne und ein Haus, das zu großen Teilen der Bank gehörte, und das der Klempner für seine Ex-Frau gebaut hatte, die sich nach ein paar Jahren dankbar verabschiedet hatte. Weiße Wäsche und ein Ikea-Wohnzimmer. »Ich weiß nicht einmal, wie die Spülmaschine angeht«, sagte Victor, als wir das letzte Mal miteinander sprachen, »ich lese unentwegt Gebrauchsanweisungen.«

Das ist mittlerweile lange her.

»Was machst du hier? Ich dachte, du seist in Berlin – mitten im pulsierenden Leben. Ich hab Ann einmal getroffen. Da hat sie mir das erzählt.«

»Ich bin zu Mutter zurückgekommen. Und du – was ist aus deinem Klempner geworden?«

»Getrennt, geschieden«, sagt sie und blickt sich leicht nervös um. Mir wird plötzlich klar, dass sie wohl die meisten hier kennt.

»Gab es keine Rohre mehr zu reparieren?«

»So was in der Art«, sagt sie. »Außerdem war er kein Klempner, sondern Automechaniker.«

Zu atmen, doch nicht daran zu denken, dass man atmet. Es wird schwieriger, wenn man daran denkt, ob das wirklich so einfach ist.

»Warum hältst du die Luft an, Marie?«

Ich war elf oder zwölf, ich saß im Bett und zählte. Ann schüttelte mich.

»Ich hab gesagt, du sollst damit aufhören!«

Schließlich gab sie mir eine Ohrfeige. »Hör auf damit, das ist doch Blödsinn!«

Sie hatte Angst, das überraschte mich. Viele Jahre später sagte sie mir, ich solle nach vorne schauen: »Du musst nicht an das denken, was hinter dir liegt. Denk einfach nicht darüber nach. Was meinst du, wie ich das alles überstanden habe.«

Victor und ich in Victors Bett, in dem sie es zweimal pro Woche und an den Sonntagen mit dem Automechaniker getrieben hat. Das einzige ordentliche Möbelstück in ihrer Wohnung.

»Ich bete dich an«, sagt Victor, »nein, wirklich, ich *bete* dich an, wirklich. Das hat er immer gesagt. Verdammt, ich kapier nicht, warum ich nicht eher abgehauen bin.«

Wir kichern wie zwei dumme Teenager. Victor hat auf wundersame Weise von irgendwem in diesem gottverlassenen Nest eine Flasche Whiskey aufgetrieben, der Saphir hakt und springt über Victors alte Gary-Glitter-Platte. Wir grölen die unwahrscheinlichen Refrains mit, Gary ist in Hochform und jedes Lied genauso absurd wie der Schlag seiner Hose. Die Anhänger der Pfingstbewegung in der zweiten Etage essen jetzt sicher zu Mittag, und Victor sagt, es sei manchmal so leise im Haus, dass sie von dort oben das Kratzen der Gabeln auf den Tellern hören kann. Sie ist bald betrunken und schlingt ihre Arme um mich, die Augen verschleiert, schmale Hände und Ausschlag am rechten Ringfinger, wo der Ring gesessen hat. Sie steht auf, gießt die Gläser voll, sucht im Regal nach dem Stopfen, während sich draußen der Himmel wie eine verkrustende Wunde zuzieht. Der Rauch von Victors Zigarette zieht hinter ihr her in Bahnen durch das Zimmer. »Ich werde dir alles erzählen«, sagt sie immer wieder, erzählt aber nichts. Doch das hat nichts zu sagen. »Das mit Michael tut mir Leid«, sagt sie einmal.

»Es spielt keine Rolle, ob du es mir sagst, oder nicht«, antworte ich, »ich kann deine Gedanken lesen. Hast du das vergessen?«

Victor lehnt sich an die Wand. Über ihrem Kopf hängt noch ein Rest der Weihnachtsdeko vom Vormieter. – Ein winziger Weihnachtsmann mit kaltem, unsympathisch kleinem Gesicht. Grinsend.

An einem Tag im letzten Sommer, in dem ich mit Michael zusammen war, fuhren wir mit dem Auto zur Fähre, die zu der Insel hinüberführte, auf der seine Eltern immer ihre Ferien verbrachten. Feriengäste in Ferienhütten, frischgebügelte Flaggen an Fahnenmasten. Vor dem Sommerhaus stiegen wir aus dem Auto, und schon von weitem erkannte ich Michaels Mutter, die ganz still auf dem Rücken im Schwimmbecken lag und sich vom Wasser tragen ließ.

Als sie uns erblickte, begann sie wie eine feiste Ente zum Rand des Bassins zu paddeln.

»Du siehst verändert aus«, sagte sie zu Michael.

»Das ist die Brille. Ich trage sie nicht mehr.«

Michael hatte in diesem Jahr oft seine Brille getragen, er klagte darüber, nicht scharf sehen zu können.

»Mit hast du mir besser gefallen.«

Michaels Mutter verlor den Halt am Rand des Beckens, und einen Augenblick lang fürchtete ich, sie könne geradewegs auf den Grund sinken und nichts als eine leise Kräuselung auf der Wasseroberfläche zurücklassen, doch dann schlug sie mit den Armen um sich und trieb wieder auf dem Wasser.

Ich konnte hören, dass Michael schluckte.

»Als ich das letzte Mal bei euch war, habe ich sie aber auch nicht getragen.«

»Unsinn«, sagte sie, »natürlich hast du die getragen. Ich hab sie dir ja sogar geputzt.«

Michael zuckte mit den Schultern. Sie schwamm wieder in die Mitte des Bassins, legte sich auf den Rücken und schwang die Arme in die Luft. »Da kommt dein Vater«, sagte sie.

Michael stand auf. Seine Hose hatte grüne Flecken bekommen, ich wusste, er wollte nicht, dass sein Vater las, was auf seinem T-Shirt stand. Er verschränkte die Arme über dem Schriftzug.

Michaels Vater lächelte mich an.

»Wo hast du den Wagen geparkt?«, fragte er Michael.

Einmal hatte Michael seinen Wagen auf dem Festland stehen lassen. Er war noch am gleichen Tag abgeschleppt worden. Seitdem war sein Vater immer misstrauisch.

»Das Auto steht gleich hier vorne«, antwortete Michael, »keine Gefahr.«

Der Vater sah erleichtert aus.

»Wollt ihr euch auch ein bisschen im Wasser erfrischen?«

Ich sah, das Michael einen Blick auf seine Mutter warf, die in der gegenüberliegenden Ecke des Beckens trieb. Ihre Arme wedelten noch immer durch die Luft, als wäre sie in Seenot. – Vielleicht hatte sie eben erst gegessen.

»Hört sich vernünftig an.«

Der Vater hatte die braunen, abgenutzten Gartenhandschuhe ausgezogen und sie auf den Gartentisch gelegt, auch er blickte zur anderen Seite des Bassins hinüber. »Lasst uns eure Sachen holen und dafür sorgen, dass der Wagen richtig steht.«

Es dämmerte, als wir den schmalen Weg zum Haus hinaufgingen. Die Bäume schwankten dunkel im Wind. Es hatte einen kurzen Regenschauer gegeben, als wir am Strand waren. Das Wasser war wärmer geworden, doch als wir uns wieder anzogen, war Wind aufgekommen. Wir kamen zum Haus hinauf und sahen Michaels Eltern durch das Fenster in der Stube. Sein Vater saß im Lehnstuhl, die Zeitung über das Gesicht gebreitet.

»Er sitzt immer in dem Stuhl«, sagte Michael. »Ich glaube, jeden Abend, wenn die Nachrichten kommen, setzt er sich hinein und klebt dann förmlich darin. Er rührt sich nicht vom Fleck, bis die letzten Nachrichten über den Bildschirm geflimmert sind. Einmal war ich so stoned, dass der Sessel zu schweben schien. Er hing ein paar Zentimeter über dem Boden, so dass Vaters Füße gerade noch die Pantoffeln erreichten.«

»Was geschah dann?«

»Ich versuchte, ihn zu warnen, doch er sah mich nur völlig verwirrt an und fragte, wie ich das meinte.«

Ich lachte. Michael blieb vor der Tür stehen. Er schien tief Luft zu holen. Dann trat er in den Flur. Sie hatten uns sicher nicht kommen sehen.

»Vielleicht planen sie einen Mord«, sagte Michael, »oder noch so ein feierliches Essen. Hier im Haus kommt das ziemlich aufs Gleiche heraus.«

Michael ging die Treppe hinauf. Durch die Wohnzimmertür hörte ich die Stimme seiner Mutter: »Findest du nicht, dass er besser aussieht? Ich finde, er sieht wirklich besser aus, wenn er nur nicht so besessen wäre, von allem, was sich mit mehr als fünfzig Stundenkilometer vorwärts bewegt!«

»Fang nicht wieder damit an«, erwiderte der Vater, »ich will davon nichts hören. Es ist doch nur natürlich, dass sich Jungs in seinem Alter für Autos interessieren.«

»Er ist kein kleiner Junge mehr. Aber du hörst ja nicht auf mich«, sagte sie, »das hast du ja nie getan. Für dich bin ich doch Luft.«

Es ist Samstag, und Lillian hat entschieden, dass wir einen Ausflug nach Oslo machen. Es dauert, bis wir fertig sind, doch schließlich brechen wir auf. Ann fährt. Die Sonne steht hoch am Himmel, die Fenster sind geöffnet, und ich lehne mich hinaus, um mir den Wind um die Nase blasen zu lassen. Das hilft mir, mich besser zu fühlen. Auf der Straße sind nur wenige Autos. Lillian hat das Radio eingeschaltet, um den Wetterbericht zu hören.

»Es soll den ganzen Tag schön bleiben«, sagt sie vergnügt, »aber bald wird es wohl abkühlen.«

»Wie läuft es eigentlich mit deinem Buch«, frage ich.

Lillian ist Kunsthistorikerin, sie unterrichtet an der Kunstakademie, »als Brotjob«, wie sie sagt. Doch in diesem Jahr ist sie freigestellt, um zu malen und Stoff für ein Buch über die neuere norwegische Malerei zu sammeln.

»Wer soll das denn lesen?«, fragt Mutter spitz. »Ich werde dir sagen, wer das lesen wird: niemand. Niemand wird so ein Buch lesen wollen.«

»Das ist doch überhaupt nicht wahr«, protestiert Lillian und klopft, wie üblich, wenn sie im Auto provoziert wird, mit den Ringen ihrer rechten Hand auf das Armaturenbrett. »Ich schreibe über eine interessante Periode. Außerdem kommt es nicht nur auf die Anzahl der Leser an. Es zählt nicht nur der Erfolg. Es gibt auch andere Beweggründe, etwas zu tun.«

»Jetzt spiel nicht die Heilige. Alle, die sich für die Malerei dieser Epoche interessieren, haben doch schon genug darüber gelesen, wahrscheinlich planen sie alle, jeder Einzelne, selbst so ein Buch zu schreiben. Und der Rest der Menschheit wird sich wohl kaum dafür interessieren.«

Lillian lacht, doch sie ist verärgert. »Du bist ungerecht, Ann, aber ich will nicht mit dir über das Buch diskutieren. Ich tue wirklich, wovon ich mein ganzes Leben geträumt habe.« Wir stellen den Wagen im Parkhaus von Aker Brygge ab und nehmen den Aufzug zum Bryggetheater. Vor dem Café sehe ich Leute, die ich kenne, ehemalige Freunde, die ich lange nicht gesehen habe. Ich wende mich schnell ab und nehme Lillians Arm. Hier gibt es niemanden, den ich gerne treffen würde. Wir essen im Tepanyaki – Mutter mag am liebsten japanisch, Lillian möchte ins Vegetarierhaus – ein Streit ohne Ende. Lillian beschimpft Mutter, ein Snob zu sein, und Mutter behauptet, Lillian versuche sich zu rächen, weil sie kein Geld hat.

Nach dem Essen laufen wir durch die Stadt in Richtung Künstler-Haus. Mutter lädt uns auf ein Eis ein und dann kaufen beide, Mutter und Lillian, bei einem Straßenhändler lange Schals. Der von Mutter ist zimtfarben, Lillians orange. Männer sehen Mutter nach, sie diskutiert schon wieder mit Lillian über das Buch, doch ich bin mir sicher, dass sie diese Blicke bemerkt, sie saugt sie auf und verbucht sie unter *Aktiva.* Ich gehe mit meinen viel zu roten Haaren neben ihnen her. Mein Herz klopft mir bis in den Hals.

Am Schloss trenne ich mich von ihnen, und Lillian sagt, ich solle nichts tun, was sie nicht auch tun würde.

»Das ist dann aber keine große Einschränkung«, lacht Mutter, und Lillian äfft ihr Lachen nach. Sie ist verletzt, will aber nicht aufgeben. Ich sehe sie unter den Bäumen am Schloss verschwinden. Ann ist einen Kopf größer als Lillian, sie geht ungeduldig ein Stück voraus. Sie drehen sich um und winken, und Lillian wirft mir einen Kuss zu. Die dünnen Schals flattern im Wind.

Ich bin auf dem Weg zum Bahnhof, laufe rasch durch die Stadt. Es ist sieben Uhr morgens, ich war irgendwo tanzen, habe mich mit einem Franzosen ohne Augenbrauen oder sonstige Kennzeichen unterhalten und dann bei einer alten Freundin übernachtet, die sich gerade von ihrem

Freund getrennt hat. Wir haben gemeinsam gefrühstückt, und sie hat mir haarklein erzählt, was er sagte, als er ging, und wie er über eine ganze Woche lang jeden Tag eine Tüte Pommes in ihren Briefkasten gestopft hat. *All meine Briefe waren voller Ketchup, sogar die Rechnungen, ich konnte nicht einmal meine Rechnungen bezahlen.*

»Das ist ja ein unglaublicher Zufall«, sagt der Franzose, der plötzlich neben mir aufgetaucht ist, »diese Stadt ist wirklich nicht groß.«

Ich habe keine Lust, mit ihm zu reden, doch er scheint zu glauben, ich hätte ihn vermisst.

»Wo bist du gewesen, du bist so plötzlich verschwunden?«

»Ich habe bei einer Freundin übernachtet. Es ist nicht meine Art, bis zum letzten Lied zu bleiben.«

Er nimmt meinen Arm und bringt mich dazu, stehen zu bleiben. Er hat schmale, feine Nasenflügel, die sich weiten, wenn er aufgeregt ist. Wie jetzt. Seine Stimme ist gesenkt, als er fragt, ob ich etwas brauche und eine seiner nicht existierenden Augenbrauen hochzieht.

Zuerst weiß ich nicht, wie er das meint. Ich lächle wie eine Idiotin, und er nutzt den Vorsprung. »Ich kann dir etwas besorgen – wenn du Interesse hast.«

Er ist jetzt nicht mehr ruhig, fester umklammert er meinen Arm. Dann beginnt er, Französisch zu sprechen und Englisch, er stottert, diesen Blick kenne ich irgendwoher. Er holt etwas aus seiner Jackentasche, etwas in Plastik Verpacktes. Ich höre, dass er dieses Wort sagt, *horse.*

»Nein danke«, sage ich, weiche zurück und remple einen Passanten an, der mich zum Teufel wünscht. Der Franzose kommt mir hinterher. Ich renne los, das Herz im Hals, bis ich endlich den Zug erreiche. Irgendetwas schlägt in mir wie eine geisteskranke Maschine, die außer Kontrolle geraten ist.

Auf dem Sitz mir gegenüber sitzt eine ältere Frau. Sie beugt sich vor, ihre Lippen bewegen sich, und sie legt die Hand an ihren Mund, als wolle sie mir etwas im Vertrauen mitteilen. *Haben Sie eine Monatskarte? Dieser Wagen ist nur für Fahrgäste mit einer Monatskarte.*

In der ersten Klasse am Gymnasium haben wir uns immer die Nägel weiß lackiert. Hinterher klebte der Lack dann wie angetrockneter Lehm auf unseren Fingerkuppen, selbstleuchtend, weiß. Victor begann für den Automechaniker zu schwärmen und unternahm die ersten Vorstöße, während er noch nichts ahnend und glücklich verheiratet war. »Später hat er gesagt, die Nägel seien ihm als Erstes an mir aufgefallen«, erzählt mir Victor am Telefon. »Die Nägel. Ich glaube aber nicht, dass ihm wirklich etwas aufgefallen ist. Er hatte bloß Schiss davor, alleine zu Hause hocken zu bleiben. Nun denn, jetzt hockt er dort, und ich will ein bisschen Spaß haben.«

Im Hintergrund höre ich einen Staubsauger, Victor sagt, das seien die von der Pfingstbewegung. »Die haben gleich Gebetsstunde. Lass uns irgendwohin fahren, ich muss hier weg.«

»Ich versteh das nicht«, sagte Michaels Mutter, als wir im Garten frühstückten. Nachdenklich hockte sie unter dem Sonnenschirm. »Ist es nicht seltsam, dass die immer alle Knäckebrotscheiben heile und genau gleich groß in die Verpackung kriegen? Ganz exakt gleich. Das ist kein Brot, das ist Geometrie.«

»Ja, aber die müssen doch in die Verpackung passen«, sagte der Vater. Er trank kochend heißen Kaffee und fauchte nach jedem Schluck, um seinen Mund abzukühlen. »Habt ihr gut geschlafen, Michael?«

»Natürlich haben sie gut geschlafen. Hier draußen am

Meer schlafen doch alle gut«, konstatierte sie. »Das macht die Luft. Blöde Frage.«

Ihre Hand zitterte, als sie versuchte, die Butter gleichmäßig auf der viereckigen Scheibe zu verstreichen. Sie hatte sich bereits eine Zigarette angezündet, die auf dem Rand ihres Tellers lag und vor sich hinglühte. Michaels Vater schüttelte langsam den Kopf. Sein Kopf war fast vollkommen kahl, nur hinter den Schläfen waren noch ein paar Haare.

»Was habt ihr heute vor? Hast du Lust auf eine Rundfahrt über die Insel, Michael?«

»Wir wollten eigentlich zum Hafen hinunter.«

»Mach einen Ausflug mit deinem Vater, Michael«, sagte sie, »er ist sonst ganz enttäuscht.«

»Lass den Jungen doch tun, was er will.«

Der Vater schaufelte Marmelade auf ein viel zu dünnes Brot, das zwischen seinen breiten Fingern zerfiel. »Lass ihn doch seine Ferien vertrödeln. Und wir kümmern uns um die Organisation.«

Ich bemerkte, dass Michael seinen Vater beobachtete, der sich die Marmelade von den Fingern leckte.

»Ich komme eine Runde mit«, meinte er, »wir können ja noch später hinuntergehen.«

»Du isst wie ein kleiner Junge«, sagte die Mutter und gab Michaels Vater eine Serviette, damit er sich die Finger abputzen konnte. »Du solltest deine Brille immer tragen. Dass du das nie lernst. Wo steckt sie jetzt nur wieder, Michael?«

»Ich habe doch gesagt, dass ich sie nicht mehr aufsetze.«

»Jetzt hatte ich mich gerade daran gewöhnt, dass du nicht mehr wie ein Punker aussiehst.«

»Mein Gott, Mutter – ich sah wie ein Scheiß-Bänker aus.«

»Es ist eine Schande«, sagte sie jammernd, »ja wirklich, das ist es.«

Wir gingen hinunter zum Hafen, um eine Parade zu sehen, die über die breite Hauptstraße zum neuen Einkaufscenter der Insel führte. Mehr als zweihundert Motorräder nahmen teil, die meisten waren vom Auto-Veteranen-Club. Die Teilnehmer schoben die Maschinen vor sich her, nur ganz zum Schluss fuhren einige der neueren Modelle. Die Fahrer mussten immer wieder abbremsen und die Füße auf den Boden stellen, weil der Zug nur stockend vorwärts kam. Die Maschinen dröhnten, und jedes der Motorräder hatte eine andere Farbe.

Auch Michaels Mutter war gekommen – sie stand auf der anderen Straßenseite und winkte. Als die Parade vorbeigezogen war, kam sie zu uns herüber.

»Interessierst du dich noch immer so für Motorräder, Michael?«

Ihre Haare hatte sie offensichtlich braun gefärbt, doch sie hatte die Haarwurzeln vergessen, so dass es so aussah, als hätte sie sich die Kopfhaut beschmutzt. Sie wandte sich an mich.

»Als ich noch jünger war, so in den Fünfzigerjahren, hatte ich einen Freund mit einem Motorroller. Wir waren eine ganze Clique, die eng zusammenhielt. Die Mädchen trugen Kopftücher wegen dem Wind und nur die Jungs hatten Helme. Heute würde das natürlich nicht gehen. An die Helme kann ich mich noch gut erinnern, die waren ganz weiß und rund. Ich musste immer an Eier denken.«

Sie lachte. »Mein Vater hatte ein Motorrad«, sagte ich.

Sie nickte und strich mit ihrer Hand unsichtbaren Staub von Michaels Jacke. Jetzt war sie wieder ernst.

»Warum besucht ihr keinen von euren Freunden, Michael, statt euch hier auf der Insel zu langweilen?«

»Ich habe nicht so viele Freunde«, sagte er, »nicht mehr.«

Die Menge löste sich auf, die Parade war vorüber. Einige der alten Motorräder wurden zurückgeschoben, die Räder waren verstaubt, doch der Lack glänzte, es war auch nicht ein Spritzer drauf.

»Das glaube ich dir nicht. Wo du doch immer so viele Freunde hattest – insbesondere Mädchen. Die gibt's doch bestimmt noch immer«, sagte sie, »Mädchen und Autos gehören doch zusammen.«

»Sie wollte dich verletzen«, sagte Michael später, »kapierst du denn nicht, dass sie es genau darauf abgesehen hatte?«

Wir saßen in dem einzigen Café der Insel. Michael trank Kaffee. Das Café lag unten am Anleger, und es sollte wohl auch als eine Art Warteraum fungieren für all jene, die die Fähre zum Festland nehmen wollten. Keiner der Anwesenden sah allerdings so aus, als wollte er verreisen. In einer Ecke stand eine Jukebox, über dem Tresen hing ein altes Bild von einem Coca-Cola-Mädchen mit einer Frisur, die sie wie eine etwas zu dick geratene Marilyn-Monroe-Kopie aussehen ließ, mit Grübchen und himmelblauem Blick – sie streckte uns eine altmodische Coca-Cola-Flasche entgegen und schien an alles andere als an Limo zu denken.

»Das macht doch nichts, Michael«, sagte ich.

Das Mädchen, das bediente, beobachtete uns. Sie war wohl um die achtzehn. Ihre Haare hatte sie mit einem Band stramm zusammengebunden. Sie war hübsch und hatte wirklich Ähnlichkeit mit dem Mädchen auf dem Cola-Schild. Ich bemerkte, dass sie Michael ansah.

»Kennst du sie«, fragte ich, doch er gab mir keine Antwort. Er bestellte noch einen Kaffee und legte das Geld auf den Tisch. In einer Ecke des Cafés saß eine Clique von Ju-

gendlichen an einem runden Tisch, sie bestimmten, welche Musik gespielt wurde. Billy Idols »Rebel yell« lief zum fünften Mal, seit wir durch die Tür gekommen waren.

Einer von ihnen, ein dicker Kerl mit Südstaatenflagge, rief Michael zu, er solle an einem der Abende mal raus auf die alte Straße kommen. Michael nickte. Die Bedienung schob kleine Küchlein in die Mikrowelle, stellte die Zeit ein und drückte den Startknopf. Der Kerl mit der Südstaatenflagge warf das Geld in den Spielautomaten. Eine Münze hielt er über den Einwurfschlitz und zwinkerte mir zu. Ich versuchte zu lächeln.

»Warum hast du das gemacht?«, fragte Michael. »Das ist einer von diesen Kerlen, die glauben, dass ihnen eine Frau gehört, wenn sie auch bloß auf seine Schuhe geschaut hat.«

Die Bedienung kam mit Michaels Kaffee; sie unterhielt sich quer durch das Lokal mit der Clique in der Ecke, nahm das Geld an sich und wischte mit einem schmutzigen Lappen über den Tisch. Er hinterließ einen leicht ekligen Geruch nach Spülmittel und saurer Milch. Auf dem Tisch standen kurze Nachrichten: »Crazy John bläst dir einen für hundert Mäuse« und »Ruf Karen an«. Um die Nummer war ein Herz in den Tisch geritzt worden.

Wir nehmen den Frühzug, um Victors neuen Freund zu besuchen, der in einer Stadt im Sørland eine Messerwerkstatt hat. Die Idee ist, dass er am folgenden Abend gemeinsam mit uns zurückfährt. Es ist eine lange Zugfahrt, die Hälfte der Zeit sitzen wir im Speisewagen und rauchen, und Victor trinkt Bier. Mir ist übel, ich glaube, dass ich kotzen muss, und ich ärgere mich, dass ich mich habe überreden lassen. Ich will Victors Freund nicht treffen, ich bin bereits jetzt eifersüchtig. Victor ist bester Laune, sie zählt das Trinkgeld ab und reicht es dem Kellner. »Irgendwie sieht er aus wie eine Rübe, sein Körper hat jedenfalls diese Form.« Ich weiß nicht, wen von beiden sie meint – den neuen Mann in ihrem Leben oder den gebeugten Kellner. Victors Freund holt uns am Bahnhof ab, er trägt eine Sonnenbrille, obgleich keine Sonne scheint, verspiegelte Gläser, in deren Mitte es mich gleich zweimal gibt, in Miniaturausgabe.

Als wir an diesem Nachmittag zum Haus zurückkamen, beugten sie sich gerade über das Auto, das vor dem Gartenzaun geparkt war. Michaels Bruder Kato und sein Vater. »Wie geht's?«, fragte er, als er uns bemerkte. Kato sagte nichts. Ich mochte ihn nicht. Er verkaufte Versicherungen und schaffte sich immer neue Autos an. Und gemäß Michael wechselte er auch im gleichen Rhythmus seine Freundinnen. Einmal habe ich gehört, wie sein Bruder geprahlt hat, dass er ein Unglück auf mehrere Kilometer Abstand riechen könne.

»Wir kommen zurecht«, sagte Michael.

Der Vater lachte und breitete die Arme aus. »Sieh dir doch nur diesen Straßenkreuzer an – und da meint er noch, das sei nichts Besonderes: Nichts Besonderes! Dann sag mir doch, was ist was Besonderes, Junge.«

Er schlug Kato auf den Rücken, der grinste. »Das ist verdammt noch mal einer der besten Wagen, die ich jemals gesehen habe. Du hast doch keine Ahnung, Kato.«

Doch in seiner Stimme schwang keinerlei Verärgerung mit.

»Für Kato war immer nur das Beste gut genug«, sagte Michael, »nicht wahr, Brüderchen?«

Kato antwortete nicht, er war anscheinend schon wieder mit dem Auto beschäftigt.

Wir gingen in das kühle, dunkle Haus. Auf dem Dachboden blieb Michael vor dem kleinen Fenster stehen und starrte hinaus. »Ich tue so, als höre ich nichts. Die reden einem sonst Wunden in die Seele.«

Ich wusste nicht, was ich sagen sollte. Es war immer das Gleiche. Ich stand neben ihm, doch ich hätte auch Meilen entfernt sein können.

»Früher hat es mir hier gefallen. Da gab es nur mich und Kato. Als wir klein waren, hatten wir hier auf der Insel nicht so viel Kontakt.«

Er zeigte aus dem Fenster. »Wenn es regnete, rannten wir oft dort unten über den Strand. Unsere Schuhe waren voll Wasser, es war unmöglich, schnell genug zu laufen. Er gewann immer.«

Er stand am Fenster und verschwand in sich selbst. Ich komm damit nicht zurecht. *Ein Gefühl wie, wenn alles sich im Kreis dreht und dreht.*

Victors Freund wirft eine Flasche aus dem Fenster, während wir den langen Weg zurückfahren. Er redet über ein Buch von Kathy Acker, das er kürzlich gelesen hat. Er trägt eine schwarze enge Hose, hat messerscharfe Hüftknochen und schon einmal Ecstasy probiert. Auch darüber redet er, er spult sich selbst wie einen Film ab, wieder und wieder, ständige Wiederholungen, auf seine Hose sind die Sternzeichen aufgemalt. Er ist überrascht, dass ich Zwilling bin, »Du erinnerst mich eher an eine Waage«, sagt er, »du scheinst bemüht, immer die Balance zu halten.« Dann beginnt er von einem Stück zu erzählen, »Sweet bird of youth«, das er einmal auf einer Bühne im mittleren Westen der USA gesehen hat. Victor trägt kleine, blaue Steine an den Ohren, die gegeneinander schlagen, wenn sie an ihren weichen Ohrläppchen herumspielt. »Was mir am meisten missfällt, ist, dass man hinterher klatschen muss«, sagt Victors Freund. »Das erinnert mich an den Kindergarten. Deshalb gehe ich nicht so oft ins Theater.«

Auf dem Armaturenbrett liegt eine Glückwunschkarte mit Osterglocken auf der Vorderseite. Beim Öffnen erklingt eine traurige Melodie von Al Jolson. Genau so eine Karte werde ich Mutter schicken. Victors Freund redet und schaltet und ich schließe die Augen, während ich ein stilles Gebet zum Himmel schicke, dass das Auto den Weg kennen möge.

Wir parken vor der Tür von Victors Elternhaus. Es sollte eine Überraschung sein, doch Victors Mutter hat uns bereits entdeckt und steht in der offenen Tür. Sie geleitet uns mit leichtem Winken ins Haus und fragt, ob uns jemand gesehen habe.

»Nur die Nachbarn, mein Gott, Mama, – es ist dunkel draußen.«

»Du sollst nicht fluchen«, sagt Victors Mutter, »und versuch bitte, nicht so laut zu reden. Nicht alle halten es für besonders ehrenhaft, mitten in der Woche voll zu sein.«

Aber trotzdem serviert sie uns Tee und spielt Domino mit uns. Victors Freund gewinnt drei Durchgänge und wird immer unerträglicher. Als er endlich geht, tut er das, weil Victor ihn darum gebeten hat. Sie gibt ihm die Schlüssel für die Wohnung bei den Pfingstlern.

»Sieh mich nicht so an«, sagt sie, als die Tür ins Schloss fällt, »ich vögel gern mit Leuten, die weniger Geld haben als ich.«

»Schränkt das die Auswahl nicht ein bisschen ein?«, frage ich.

Victors Mutter schenkt Tee nach und sagt, bei dieser Ausdrucksweise würde uns niemand haben wollen.

Victors Mutter macht sich Sorgen. Es ist und bleibt immer alles beim Alten. Wie die Tassen auf dem Tisch, die Risse im Boden, die Bibel auf dem Wohnzimmertisch. *Ich habe Lust, hier einfach zu sitzen und über nichts nachzudenken.* Wie mitten in der Nacht nach einem verwirrenden Traum aufzuwachen, den Kopf noch voller Bilder, aber doch zu wissen, dass es bald vergessen ist.

Abends gingen wir zum Meer hinunter und liebten uns vor den Wellen, die Treibgut auf den blassen Strand spülten. Zwischen den Ufersteinen lagen ein Schuh und ein paar zerbrochene Bierflaschen. Michael war in mir und die Tätowierung auf seinem Oberarm war unmittelbar vor meinen Augen – eine Schlange, die sich um einen menschenartigen Baum wickelte, wir sanken und sanken.

»Sag Bescheid, wenn du gehen willst.«

»Ich gehe nirgendwohin, Michael.«

Alle drei saßen im Wohnzimmer, als wir zurückkamen. Michaels Mutter, sein Vater und Kato. Sie sahen sich einen alten Film von den Marx-Brothers an.

Michael küsste mich im Hauseingang.

»Das ist aber böse«, hörte ich Michaels Mutter sagen. Sie wiederholte das während des Filmes immer wieder. »Das ist böse, das ist nicht witzig.«

»Das ist genial«, sagte Kato.

»Es ist böse.«

Alle drei blickten auf, als wir hereinkamen.

»War das Wasser warm?«

Michaels Mutter hatte die Haare auf Thermowickler gedreht. Ihr Gesicht war mir ohne Schminke plötzlich ganz fremd. Die Augenbrauen waren verschwunden, und der Mund viel zu klein.

»Was haltet ihr von einem Ausflug aufs Festland?«, fragte Michaels Vater. »Morgen vielleicht.«

Der Fernseher, die aufgerollten Haare, der gekaufte Apfelkuchen auf dem Teller – jedes Stück sorgsam in Plastik gewickelt. Michaels Mutter, die über den Film den Kopf schüttelte, sein Vater, der mit der Kuchenfolie kämpfte. »Wie kriegt man die denn ab, Mutter?«

Später – ich saß auf der Treppe und rauchte – von unten hörte ich Katos Stimme: »Ich kann es kaum erwarten, hier wegzukommen.«

Es wurde einen Augenblick still, niemand antwortete, er telefonierte, dann stöhnte er, als hätte er etwas zu Schweres hochgehoben. »Nein, nicht schlimmer als gewöhnlich. Es geht bloß darum, Mutter von den Flaschen und den Verrückten vom Wasser fern zu halten. Stattdessen sind sie schwimmen gegangen, er und seine Freundin, und wir drei haben hier wie auf heißen Kohlen gesessen ...«

Heute Nacht war ein Mann im Haus. Es ist nicht zu übersehen. Auf dem Boden des Badezimmers liegen Handtücher, ein simples Zeichen, unmissverständlich. Natürlich hat Ann jemanden eingeladen, während ich weg war. Ich hab keine Ahnung, wo Lillian ist. Ich setze mich an den Küchentisch und stecke mir eine Zigarette an. Die Sonne strahlt durch das Fenster, die Scheiben sind verstaubt, doch das wird sich bald ändern. Alles hat seine Zeit.

Ich halte die Glut gegen die Zigarettenpackung, als Mutter hereinkommt. Sie fragt, wie es mir geht. Die Zigarette hinterlässt ein kleines Loch. Geschmolzenes Plastik. Ich will gehen, doch ich bleibe sitzen. Sie schlägt den Morgenrock um sich und zeigt auf mich.

»Du rauchst doch sonst nicht«, sagt sie.

»Das sind Lillians.«

Wie gerne hätte ich ihn gesehen – war er blond, oder dunkel? Schauspieler? War er viel jünger als sie? Hatte er das gewisse Etwas? Etwas, das sich kennen zu lernen lohnte? Ich treffe Mutters Männer nur selten, ich weiß nie, wie lange sie aktuell sind.

Wir gingen über die Felder und kamen zu der alten Scheune.

»Hier ist es«, sagte Michael, »siehst du?«

Zuerst sagte ich nichts, konnte im Dunkel nur den Umriss der Scheune erkennen, bis irgendwo ein paar hundert Meter vor uns ein Licht eingeschaltet wurde; wir gingen darauf zu, es war ein Autoscheinwerfer. Die Autos standen auf einer alten Straße hinter der Scheune. Es waren zwei Wagen. Ich konnte auch sehen, dass dort bei den Autos jemand stand, einer von ihnen war der Dicke mit der Südstaatenflagge aus dem Café, die anderen beiden hatte ich noch nie zuvor gesehen. Sie grüßten Michael lässig, der Dicke nickte mir zu.

»Ich fahre«, sagte ein dünner, dunkler Typ, der auf der Motorhaube des einen Autos saß und rauchte. Sein Kopf war rasiert, doch sein Schädel war dermaßen uneben, dass es merkwürdig aussah. Die anderen nannten ihn Robert. Sein Kumpel legte ein paar Hunderter neben ihn. Michael und die anderen taten es ihm nach. Derjenige, der als Erstes das Geld hingelegt hatte, steckte die Scheine in seine Tasche und streckte zwei Finger hoch.

»Robert fährt deinen Wagen«, sagte er zu Michael. »Wo steht der denn?«

»Oben am Weg«, antwortete Michael, »wann geht's los?«

Einer der Wagen wurde angelassen und fuhr hinter uns her über die schmale Straße zum Hauptweg. Wir gingen ein Stück weiter und Michael sagte: »Das wird dir gefallen.«

Derjenige, der Robert hieß, setzte sich hinter das Steuer, und dann fuhren wir die ersten Meter schweigend den Weg hinunter; das andere Auto war dicht hinter uns: Michaels Silhouette, als er sich zu Robert wandte. Er sagte etwas, doch ich verstand die Worte nicht. Ich saß hinten. Manchmal kam es mir so vor, als sähe ich Menschen am Wegesrand stehen, doch es waren nur die Zweige der Bäume.

Dann kamen wir zu einem geraden Stück Straße. Robert wurde langsamer und blieb schließlich ganz stehen. Das andere Auto hielt neben uns, jemand öffnete die Tür und stieg aus. Er stellte sich einen Moment lang breitbeinig an den Rand der Straße. Als er zurückkam, blieb er vor uns im Licht der Scheinwerfer stehen. Ich konnte sehen, dass es der Dicke war. Er grinste und machte dort vorne vor dem Wagen eindeutige Bewegungen mit seiner Hand.

»Der ist und bleibt verrückt«, sagte Robert, »es wird nicht besser.«

Ich fragte mich, ob derjenige, der das Geld genommen hatte, im anderen Auto saß, konnte aber niemanden erkennen. Wir standen dort wohl fünf bis zehn Minuten. Der Dicke war wieder eingestiegen. Ich wusste, dass wir alle auf die leere Straße vor uns starrten, auf die durchgezogene Linie, die sie in zwei Hälften teilte.

Lillian kneift die Lider zusammen und sieht mich durch ihre Lesebrille an.

»Du siehst noch immer nicht gut aus«, sagte sie, »bist du sicher, dass du genug isst?«

»Ja doch«, antworte ich, »ich esse und esse. Ich hab die ganze Zeit Hunger. Mutter jammert schon, dass ich zunehmen werde. Und das nachdem sie sich jahrelang beschwert hat, ich sei zu dünn. Ich dachte, jetzt wäre sie zufrieden.« Doch Lillian gibt sich nicht damit zufrieden. Sie beobachtet mich.

»Was ist los, Lill?«, frage ich.

»Ich glaube, du solltest mal zum Arzt gehen«, sagt sie, »das kann doch nicht schaden.«

»Ich dachte, du stündest auch eher auf Homöopathie – und nicht auf Rezeptblöcke und chemische Pillen.«

Sie nimmt die Brille ab und schiebt sie sich in die Haare.

»Mach dich nur lustig – ich glaub wirklich, du solltest mal zum Arzt gehen.«

»Ich werd' drüber nachdenken«, sage ich.

Lillian selbst wird immer ruheloser. Schon nach ein paar Wochen zu Hause spricht sie davon, wieder zu ihrem Freund zu fahren …

»Du wirst ihn noch vertreiben, wenn du so klammerst«, sagt Mutter zu ihr, »warte auf jeden Fall noch ein paar Tage, ehe du ihn wieder anrufst.«

Lillian sagt, das könne sie nicht. »Das ist so, wenn man verliebt ist«, sagt sie. »Wenn ich mich so einfach zusammenreißen könnte, würde es wohl nicht weither damit sein, oder?«

Dem kann Mutter nicht widersprechen. Ich frage mich, ob sie in der letzten Zeit einmal verliebt war. Sie wirkt nervös. Hat schon über eine Woche keine Yogaübungen mehr gemacht.

Eines Abends, als ich meine alte Plattensammlung durchstöbere und dann eine Scheibe auflege, die ich schon lange nicht mehr gehört habe, wird sie ärgerlich. »Musst du jetzt ausgerechnet das spielen?«

»Das ist nicht die Platte, die du meinst. Das ist Nick Cave, gegen den hattest du doch früher nichts.«

»Das muss eine temporäre Psychose von mir gewesen sein«, sagt Mutter, »jetzt würde ich jedenfalls gerne etwas anderes hören.«

Lillian wirft mit der Zeitung nach Mutter. »Was ist denn mit dir los, Ann?«

»Nichts«, erwidert Mutter, »ich bin bloß müde.«

»Vielleicht sollten wir uns alle drei ein bisschen entspannen«, schlage ich vor, »ich kann uns einen Joint besorgen, dann drehen wir alle ein bisschen ab und kriegen Spaß.«

»Das ist vielleicht eine gute Idee.«

Lillian lacht und putzt ihre Brille. Sie reibt sie mit einem Lappen sauber. »Was meinst du, Ann?«

»Nein danke«, sagt Mutter. Sie wendet sich mir zu. »Ich sag dir nur eins: Dieses Zeug will ich nicht hier im Haus haben.«

Die zwei Autos starten gleichzeitig, wie auf ein Signal; als schössen wir nach diesem Zeichen wie zwei Projektile aus derselben Waffe im Dunkel über den Weg. Ich kann den gelben Streifen nur noch erahnen. Ich höre Roberts Stimme, er schreit als Erster auf, doch wir haben es alle drei gleichzeitig gesehen: ein Auto kommt auf uns zu. Einen Augenblick später ist alles vorbei, doch es kommt mir wie eine Ewigkeit vor; das entgegenkommende Fahrzeug blendet uns, ein huschender Scheinwerfer, und der schwarze, offene Schlund, auf den wir zurasen, ich höre Michael etwas rufen, das Auto schlingert und wird zur Seite geworfen. Rote Bäume vor mir – ich werde nach vorne geschleudert, als wir von der Straße abkommen, die Bremsen blockieren auf dem losen Sand des Seitenweges, in den wir eingebogen sind, ich schlage mir den Kopf an. Dann stehen wir still.

Leer. Eine enorme Leere. Wie taub zu sein. Ich kann nichts hören, wenn es überhaupt Geräusche gibt, dann dringen sie nicht bis zu mir vor. Ich bin in einem Stummfilm, einer flimmernden Schwarz-Weiß-Kopie. Bis ich höre, dass jemand schreit. Ein hohler Schrei, der mich an das entgegenkommende Auto denken lässt. Einen Augenblick lang bin ich sicher, dass der Schrei von einem Verletzten kommt. Aber es klingt anders, nicht wie ein Schmerzensschrei, sondern wie ein Sieg. Doch ohne Freude.

Ich schrecke auf und weiß, dass ich im Schlaf geschrien habe. Ein dunkler Frack liegt über dem Stuhl, im Traum habe ich dort jemand sitzen sehen, doch ich weiß nicht, wer das war. Ich beuge mich vor und erreiche den Lichtschalter an der Wand, die Birne der Nachttischlampe ist durchgebrannt und Mutter nörgelt schon lange, dass ich sie auswechseln soll. Das erinnert mich an alte Zeiten, und deshalb lasse ich sie drin. Aus alter Gewohnheit. Den Rest der Nacht lese ich uralte Teenie-Magazine, um meine Nerven zu beruhigen. Als Vierzehnjährige habe ich die gesammelt. *Mein erster Verlust* und *Kleine Wahrheiten,* Artikel darüber, wie man es anstellen muss, sich in der Liebe nicht zu täuschen. Ganz offensichtlich habe ich keinen der Ratschläge befolgt.

Die Zeit vergeht, doch sie schließt mich nicht ein. Ich bewege mich neben der Zeit, an ihrem Rand.

Die anderen stiegen aus. Ich öffnete auf meiner Seite die Tür, meine Beine zitterten, als ich versuchte zu stehen.

Der Dicke im Auto nebenan hatte geschrien.

»Wir haben sie von der Straße gedrängt«, brüllte er. Die Scheinwerfer brannten noch immer, er stand mitten im Lichtstrahl und schrie so, als stünden wir Meilen entfernt. Sein Gesicht sah verzerrt aus, breit, wie das einer Schnecke. Sein Wagen stand anscheinend unbeschädigt auf einem Acker. »Die sind im Graben gelandet.«

Er wiederholte diesen durchdringenden Schrei. Michael war auf den Weg hochgestiegen, er hatte sich eine Hand unter die Achselhöhle geschoben, als hätte er sich verletzt und deutete nach vorne. »Ich sehe den …«

»Warte, hilf mir, die Karre wieder flottzukriegen«, sagte der Dicke aufgeregt. Die Räder seines Wagens drehten in der Erde durch, Michael und Robert schoben, und der Dicke gab Gas, das Licht der Scheinwerfer glitt über den Graben und die Böschung. Ich erblickte das Auto, das uns entgegengekommen war. Es stand schräg zwischen zwei

Bäumen. Berge von Metall. Ich glaubte, es bewegte sich, so als versuchte es, das Hindernis zu durchbrechen, das die zwei Bäume aufgebaut hatten.

»Wir sollten abhauen«, sagte der Dicke. Er schien jetzt nicht mehr so aufgedreht zu sein. Sein Kopf wirkte viel zu klein für seinen Körper.

»Ich will mir das ansehen«, sagte Robert.

»Da gibt's nichts zu sehen.«

Der Dicke sah sich nervös um, »verdammt, es wird schon hell.«

»Ich will mir das ansehen«, wiederholte Robert unbeeindruckt.

»Er hat Recht«, sagte Michael.

»Die da können verletzt sein«, sagte ich. Ich sah zu dem Dicken hinüber, der von einem Fuß auf den anderen trat und weg wollte, dann zu dem Auto zwischen den Bäumen.

»Ich hole eine Lampe«, sagte Michael.

Als er zurückkam, ging er an uns vorbei, ohne mich anzusehen. Wir folgten ihm, kletterten und rutschten die Böschung hinunter. Michael leuchtete mit der Lampe. Im Auto lag eine dunkle Gestalt über dem Lenkrad.

Ich sah, dass sich Michael abwendete.

»Da ist bloß einer drin«, sagte Robert.

»Wir müssen ihn da rausholen.« Ich nahm Michaels Arm, »ihr wollt den doch wohl da rausholen, oder?«

Michael klemmte seine Hand noch immer unter seine Achselhöhle, mit der anderen hielt er die Lampe. Wir sagten immer, dass wir genau wüssten, was der andere dachte. Das war ein Spiel. Sag mir, was ich denke, und du kannst es haben. – *»Deshalb müssen wir immer zusammenbleiben«, hatte er gesagt.*

»Ich haue ab«, sagte der Dicke. Er zögerte, trat einen Schritt zurück. »Lass uns die Biege machen, der kommt schon zurecht, sein Auto hat ja kaum einen Kratzer.«

Er begann die Böschung hinaufzuklettern. Robert folgte ihm. Ich sah zu Michael. Sein Gesicht genau zwischen hell und dunkel. Ich weiß nicht mehr, wie lange wir dort standen. Ich hörte den Wagen oben auf dem Weg starten und wegfahren. Wir standen da, in der Dämmerung, im Wald. Ich wusste, an was er dachte. Ich wusste plötzlich, was er dachte, und begriff nicht, warum ich es nicht schon früher erkannt hatte. Es war so einfach.

Es konnte eine Stunde vergangen sein oder nur wenige Minuten.

»Weißt du, was ich denke?«, fragte er.

»Nein«, sagte ich, »bitte Michael, ich weiß es nicht.«

Der Körper im Auto begann sich zu bewegen, eine raue Stimme kam von drinnen: »Verdammt.«

Das Wort wurde mehrmals wiederholt. »Verdammt noch mal, was is passiert?«

Michael machte die Lampe aus und ging ein paar Schritte von mir weg.

»Lass uns abhauen«, sagte er schließlich.

Ich sitze in der gemütlichen Arztpraxis, in die ich schon als Kind gegangen bin. Es müssen gut zwölf Jahre her sein, dass ich das letzte Mal hier war. Der alte Arzt ist pensioniert, und der neue, der mir gegenüber auf einem Stuhl sitzt, kann noch nicht lange hier sein. Er ist jung, hat wahrscheinlich erst vor kurzem seine Ausbildung beendet. Die Praxis ist noch immer angenehm; aufmunternde Landschaftsfotografien an den Wänden, freundliche, harmonische Farben. Die richtige Balance zwischen Distanz und Nähe, exakt nach Handbuch.

Das alles wurde mir bewusst, als ich zur Tür hereinkam, doch jetzt verwischen sich die Eindrücke. Nur ein Bild sehe ich klar und bekomme es im Gegenzug nicht mehr aus meinem Blickfeld. Es ist ein Plakat an der Wand, rechts neben dem Arzt, und es will mir etwas sagen. Der Text über dem Bild ist zu klein, als dass ich ihn lesen könnte. Auf der Fotografie blickt eine schwangere Frau auf ihren dicken Bauch hinunter. Er scheint nicht mal ein Teil von ihr zu sein, sondern wirkt eher wie ein eigenständiger Ballon aus dem Stoff ihres Kleides. Mit verwunderten Augen sieht sie auf ihn hinab, liebevoll. Dennoch scheint ihr Körper zu schwach, um das Gewicht dieses Riesenballs zu tragen.

Der Arzt sieht mich an, er ist zurückhaltend.

»Überrascht?«, fragte er.

»Das können Sie wohl annehmen, ja.«

»Sie hatten nicht damit gerechnet?«

Ich frage mich, ob er mich verarschen will, irgendetwas in seiner Stimme verwirrt mich. Vielleicht ist er unsicher. Er spielt mit einem Stift herum, als wollten seine Finger ein Rezept ausschreiben oder wenigstens eine Überweisung. Oder etwas noch Einfacheres.

»Es war wohl ein Versehen«, sage ich, »ein Unfall.«

Ich kann selbst kaum glauben, dass ich das gesagt habe. Ein Unfall, wie ein herabstürzender Dachziegel oder ein aus der Bahn geratener Satellit.

Jetzt legt er den Kopf zur Seite, und sein Lächeln lässt ihn noch jünger wirken, langsam fange ich an zu glauben, dass wir auf die gleiche Schule gegangen sind. Vielleicht sind wir das auch. Das macht es nicht gerade leichter.

»Alle sind in dieser Situation erst einmal ein bisschen überfordert«, sagt er, »Sie brauchen ein wenig Zeit, um es zu verarbeiten.«

Er schlägt einen formellen Ton an, fragt, ob mir oft übel gewesen sei und ob ich rauche. Ich bringe nichts Vernünftiges über die Lippen. Alles verdreht sich in meinem Hals.

Schließlich macht er mich darauf aufmerksam, dass er das Gespräch beenden muss, eine andere Patientin wartet. Er versucht, positiv zu wirken, doch es gelingt ihm nicht, seine Angespanntheit zu verbergen. Ich bin sicher nicht seine Traumpatientin, habe alles falsch gemacht. Es sind Menschen wie ich, vor denen man ihn im Medizinstudium gewarnt hatte. Als ich nach draußen gehe, steht eine Frau im Wartezimmer auf. Sie hält sich ihren kugelrunden, hübsch zugedeckten Bauch und begrüßt den Arzt mit der anderen Hand. »Wir sind aber schon weit«, höre ich ihn sagen, ehe sich die Tür hinter ihnen schließt. »Wir« – so was sagt man doch zu Alten oder zu Kindern.

Seine letzten Worte, ehe ich ging, waren: »Rufen Sie mich an, wenn Sie sich entschieden haben.«

Erst jetzt, im Nachhinein, wird mir klar, wie er das meinte.

Ich fuhr nach Hause, während Michael noch im Ferienhaus blieb. Dann zog ich nach Oslo und meldete mich zur Aufnahmeprüfung im Herbst an; als ich wieder auf die Insel kam, um ihn zu besuchen, war es bereits Ende Oktober. Damals hatte ich bereits Adrian kennen gelernt. Er wollte, dass ich nach Berlin komme. »Hier passiert doch nicht wirklich etwas«, sagte er.

Ich erzählte Michael nichts von Adrian. Er wohnte allein im Haus auf der Insel, seine Eltern waren Ende des Sommers wieder zurück in die Stadt gezogen. Schon von weitem konnte ich ihn sehen, als ich den Hügel zum Haus emporstieg – er hatte aufgehört, sich den Schädel zu rasieren, seine Haare wuchsen. Er harkte den Rasen, als ich kam.

»Unten am Weg wohnt ein alter, pensionierter Typ vom Festland. Immer, wenn er hier vorbeikommt, bleibt er vor dem Zaun stehen und schüttelt den Kopf über all das Laub auf dem Rasen. Ich mach das hier für dich.«

»Schön, dich zu sehen, Michael«, sagte ich.

»Warum bist du dann gegangen?«

»Vermisst du mich?«

Er hielt die Harke mit einer Hand, zog sie über die dunkle Erde, lachte.

»Du bist gegangen, Marie.«

Lillian hat sich entschlossen, es eine Weile im Vestland zu versuchen. Sie hat ihre blauen und orangefarbenen Kleider eingepackt, und ihre Bilder stehen in Kästen oben im Atelier.

»Ein halbes Jahr«, sagt sie, »fürs Erste.«

»Aber warum?«, frage ich und weiß, dass ich mich wie ein Kind anhöre, »du glaubst doch nicht einmal an so etwas wie Zweisamkeit.«

»Nein, aber das hier ist jetzt nötig«, antwortet sie, »sonst werde ich es nie wissen.«

»Was wissen?«

»Welche Katastrophen mir erspart blieben. Vielleicht habe ich immer von Männern geträumt, die ihre Samstagnachmittage mit Fußballgucken verbringen, die ein Heidengeld für billiges After Shave ausgeben und nie auch nur in der Nähe eines vegetarischen Weihnachtsbuffets waren.«

Er kommt sie abholen, und ich weiß, was sie meint. Ihr Lover begrüßt Mutter mit Handschlag, die Lillian daraufhin anschaut und die Augen verdreht. Sie konnte es nicht übersehen. Er ist fast zehn Jahre jünger als Lillian, irgendetwas Mitte Dreißig und erinnert in seiner grünen Jogginghose an einen mittelmäßigen Fußballtrainer.

»Ein schönes Haus«, sagt er zu Mutter, die sich entschuldigt, dass sie noch zu arbeiten hat.

Lillian ficht das alles nicht an. Sie lässt sich nicht erschüttern. Ganz offensichtlich hat sie sich entschlossen. Als sie weg ist, senkt sich die Stille über uns. Sie kriecht in die Ecken, in die innersten Gemächer. Nie zuvor war ich inmitten einer solchen Stille.

Morgens schließe ich die Tür, stehe vor dem großen Badezimmerspiegel und betrachte meinen Körper. Als wäre ich einen Augenblick lang unaufmerksam gewesen, und als hätte er diesen Moment genutzt, um etwas auf eigene Faust auszuprobieren. Langsam ändert er seine Form, strebt uralten Vorbildern nach. Ich durchstöbere Mutters Bücherregale. Es gibt dort nichts Besonderes. Ein paar Spalten in einem Lexikon und Dr. Benjamin Spock sind das Einzige, was ich finden kann. Ich lese Spock von vorn bis hinten, insbesondere die Abschnitte, die Mutter unterstrichen hat. Als hätte sie gewusst, dass das eines Tages geschehen würde, und auf diese Art versucht, mir so gut wie möglich zu helfen. Doch das bringt mir nicht allzu viel. Der gute alte Benjamin ist nicht mehr ganz aktuell.

Ich versuche mich zu konzentrieren. Wenn es keine unbefleckte Empfängnis war, gibt es nicht so viele Kandidaten. Eigentlich kommt nur einer in Frage, und selbst das ist fast unglaublich. Ich versuche mich zu erinnern, was er erzählt hatte. Hat er etwas erwähnt – etwas, das mir jetzt einfallen sollte? Geisteskrankheiten in der Familie, Hundeallergien? Das ist nun wichtig. Aber natürlich erinnere ich mich an nichts. Das Einzige, was Markus, der Evangelist, über seine Familie gesagt hatte, war, dass er an den Wochenenden heimfuhr, um zu waschen – und dass seine Mutter immer wissen wollte, warum er nicht auch Kleider in anderen Farben hätte, und wieso er ausgerechnet mit zwei Mädchen zusammenwohnen müsse, ob eines nicht genug sei.

Ich überlege, ob ich ihn anrufen soll. Doch in der WG gab es kein Telefon. Daran erinnere ich mich. Ich weiß, was das heißt. Willst du mit jemandem reden, musst du ihm in die Augen sehen.

Mutter hat wohl kapiert, dass etwas im Busch ist, aber sie fragt nicht. Wir reden über andere Sachen. Über Sachen, die man nicht missverstehen kann, da bleibt nicht viel – doch wir kennen uns damit aus. Das ist ein ganz eigenes Spiel.

Eine Woche, nachdem ich beim Arzt war, ist ihr Geburtstag – gewöhnlich feiert sie den nicht, doch in diesem Jahr scheint sie sentimentaler gestimmt. Sie hat im Garten Äpfel gepflückt. Die grünen Kisten stapeln sich auf dem

Küchentisch. Sie sortiert die schönen Äpfel und die wurmstichigen in unterschiedliche Kisten.

»Ich dachte, wir könnten zum Nachtisch einen Apfelkuchen essen.«

Sie sieht mich an, als sei sie unsicher, ob ich sie verstanden hätte.

»Ich habe es nicht vergessen«, sage ich, »du hast heute Geburtstag.«

»Das bedeutet mir nicht mehr so viel«, sagt sie.

O doch, das tut es.

Mutter versucht Ordnung zu schaffen und Risse zu kitten. Was zerbrochen ist, wird sorgsam aneinander gefügt und frisch verleimt. Sie glaubt daran, dass alles besser werden kann. Das ist leicht zu sehen.

»Ich war heute beim Arzt.«

»Ja?«

Sie sieht nicht auf. Sie drückt ein scharfes Metallrohr durch die Äpfel, um das Kerngehäuse zu entfernen. Anschließend schält sie sie. Die Schale fällt in langen Spiralen ab. Die fertigen Äpfel liegen auf einem Keramikteller und werden langsam braun.

»Er sagte, es sei nicht verwunderlich, dass ich mich unwohl fühle.«

»Wie meinst du das?«

»Du weißt, wie ich es meine – du sagst doch immer, ich könne dich nicht hinters Licht führen.«

Mutter sieht mich an, und dann fasst sie sich mit der Hand, in der sie den Apfelschäler hält, an den Mund, gerade ruhig genug, dass die Bewegung überzeugend wirkt.

»Wer?«, fragt sie. »Das kannst du mir doch wenigstens sagen.«

Sie kneift ihre Augen ein wenig zusammen. »Willst du mir etwa erzählen, es ist von jemandem, mit dem du nicht zusammen bist?«

»Mein Gott, Ann, es war ein Unfall. So etwas kommt vor.«

»Ich glaub das einfach nicht«, sagt sie und legt Schälmesser und Apfel beiseite. »Du kriegst ein Kind von jemandem, den du gar nicht kennst.«

»Vielleicht tröstet es dich, dass er nicht schlecht aussieht. Eine Art Gary Cooper vor vielen, vielen Jahren.«

»Das ist nicht witzig, Marie.«

Sie setzt sich auf den Küchenhocker, und einer der Äpfel rollt von dem zierlichen Stapel. Ich muss sie überrascht haben, denn es gelingt ihr nicht einmal zu improvisieren. Sie muss diese Rolle doch ein paar Mal gespielt haben und die Antworten kennen. Doch jetzt sieht sie wirklich überrascht aus.

»Was soll ich denn, deiner Meinung nach, tun? Applaudieren?«

»Du musst überhaupt nichts tun«, sage ich, »es geht nicht um dich. Es geht um *mich*.«

»Ha«, sagt sie, »das zeigt mir nur, wie wenig du davon weißt, wie es ist, ein Kind zu haben. Woher willst du das auch wissen? Du hast dich nie um so etwas kümmern müssen. Wie du auch nie in deinem Leben eine wirkliche Entscheidung gefällt hast. Nie auf etwas verzichten musstest.«

»Ich hatte nie die Gelegenheit dazu.«

»Und was soll das jetzt wieder heißen?«

Vielleicht ist sie verletzt, vielleicht spielt sie es nur, das kann man bei Ann nie wissen. Sie holt ihre Zigaretten aus der Schublade, nimmt eine heraus, zündet sie an und inhaliert. Der Rauch kommt als Wolke wieder heraus; ein leichter Nebel, den Mutter mit der Hand verteilt.

»Und was willst du jetzt machen?«

»Ich weiß es noch nicht«, sage ich.

»Dir wird schon noch was einfallen. Sagst du das nicht immer?«

»Den kannst du billig kriegen«, sagte Michael. Wir waren im Wohnzimmer, er stand mit seiner Kamera am Fenster, stellte scharf, fokussierte irgendetwas dort draußen, drückte aber nicht ab. Er wartete.

»Wovon sprichst du?«

»Von dem Wagen, natürlich.«

Er murmelte, ließ seine Kamera sinken, schob die Gardine zur Seite und hob sie wieder an. Fokussierte.

»Mach keinen Unsinn, du brauchst das Auto. Früher bist du kaum ausgestiegen. Du kommst nicht ohne aus.«

»Jetzt schon. Was weißt du, was ich brauche? Ich hab keine Verwendung mehr dafür. Ich bleibe an einem Ort.«

Er winkte mich zu sich, zeigte aus dem Fenster. »Jetzt ist der Alte wieder da, guck mal.«

Ich sah einen kleinen Mann mit beschlagenen Brillengläsern am Zaun stehen und sich alles ansehen. Nach einer Weile ging er weiter, blieb stehen, machte noch ein paar Schritte, drehte um und ging den gleichen Weg wieder zurück, an uns vorbei, die Straße hinunter.

»Er kommt hierher, bleibt vor dem Gartentürchen stehen und schüttelt den Kopf.«

Michael lehnte sich ans Fenster, es war jetzt dunkler im Wohnzimmer, und ich schaltete das Licht ein, doch es schien nicht heller zu werden.

»Nimm ihn ruhig«, sagte Michael, »was soll ich hier mit dem Wagen?«

Ich sehe mir die Spätfilme an und springe zwischen den Sendern hin und her. Mutter ist weg, vielleicht hat sie das Auto genommen und ist in die Stadt gefahren – wahrscheinlich besucht sie eine Freundin und erzählt ihr alles. Schließlich schlafe ich vor dem Fernseher ein und träume von einem eleganten Mann im Anzug, mit dem ich über einen frisch gebohnerten Boden tanze. Sein Gesicht kommt mir bekannt vor, er erinnert mich an den Nachrichtensprecher aus dem Fernsehen oder ist es der vom Wetterbericht? Von all dem Elend in der Welt wirken sie immer recht unberührt, das Einzige, was sie aus der Ruhe bringen kann, ist ein neuer Niederschlagsrekord.

Im Halbschlaf höre ich, dass sie zurückkommt, Ann knallt immer die Tür zu, dann legt sie im Flur ab und geht die Treppe hinauf. Es muss schon nach Mitternacht sein, denn als ich wieder aufwache, sind viele Stunden vergangen. Ann beugt sich über mich.

»Was machst du hier unten?«

»Fernsehen.«

»Du musst eingeschlafen sein«, sagt sie.

Das ist immer so beim Fernsehen.

Sie setzt sich in den Stuhl neben dem Kamin. Die Stehlampe neben ihr scheint ihr ins Gesicht. Sie sieht müde aus und fingert am Zigarettenpäckchen herum. »Du lebst ein anderes Leben als ich, Marie. Ich bin fertig damit. Ich will das nicht mehr. Keine unbekannten Wege mehr, keine unbekannten Gesichter jeden Morgen, rein und raus in fremde Betten und all die Leute, die sich ein paar Tage später nicht mehr an deinen Namen erinnern können, wenn du ihnen auf der Straße begegnest.«

»Ja, ja, sag es nur. Kritisier mich ruhig.«

Sie zeigt mit der Zigarettenschachtel auf mich, beugt sich in dem tiefen Stuhl vor und ihr Morgenrock öffnet sich.

»Du gibst mir die Schuld, dich nicht gewarnt zu haben. Ich sage dir aber, dass es genauso deine Schuld ist – das, was mit Michael geschehen ist. Er war dir egal, wie dir immer alles egal ist.«

Sie steht auf und lässt sich wieder auf den Stuhl fallen.

»Entschuldigung, Marie, das habe ich nicht so gemeint«, sagt sie rasch.

Sie sieht aus, als wolle sie wieder aufstehen, doch dann entscheidet sie sich anders und hält mir die Hand entgegen; sie hängt zwischen uns in der Luft.

»Ich meinte nur, dass du es warst, auf die er gehört hat.«

»Hör mal Ann«, sage ich, »ich hasse dich nicht, ich wünschte nur, es würde dich nicht geben.«

Das kommt ganz ruhig, ich muss die ganze Zeit gewusst haben, dass ich das meinte. Als ob es nicht Michael gewesen wäre, der mir Michael wegnahm, sondern Mutter.

»Ich weiß«, erwidert sie ebenso ruhig. »Du hast deine Gründe.«

Draußen beginnt es bereits zu dämmern. Mutters Gesicht im Morgenlicht, blass, die Schminke ist verwischt oder abgewaschen. Ohne Maske sieht sie weniger jung aus. Ich glaube, sie weiß das. Auch ihre Bewunderer wissen das, sie bleiben nie mehr lange – es vergeht immer weniger Zeit, bis die Männer ihre Telefonnummer vergessen. Die langsameren Jahre haben begonnen. Einen Augenblick lang tut sie mir fast Leid.

»Es ist wohl besser, wenn wir ein bisschen schlafen«, sagt sie, aber dennoch rühren wir uns beide nicht. Wir bleiben, wo wir sind; Ann im Stuhl, ich auf dem alten Sofa. Jede Bewegung scheint unmöglich, ebenso unmöglich ist es, sich zu nähern – oder sich weit genug voneinander zu entfernen.

An den längsten Abenden gingen wir in das Schlafzimmer, in dem sonst Michaels Eltern schliefen. Es ist ein komisches Gefühl, in ihrem Zimmer nackt zu sein. Auf dem Nachttischchen steht ein Bild von Michaels Mutter mit frischer Dauerwelle und in Tracht. Auf der anderen Seite des Bettes liegen ein paar vergessene Bücher. Die Schrotflinte des Vaters lehnt an der Wand des Zimmers, Michael geht damit jagen. Ich frage mich, ob sie geladen ist. Die Bett-

wäsche fühlt sich noch gestärkt an. Michael zieht mich ins Bett, er ist steif, wir bewegen uns nicht viel, küssen uns ruhig, er schmeckt nach Zitrone. Seine Beine sind dünner als früher, sein ganzer Körper scheint irgendwie geschrumpft zu sein. Er kommt schnell. Danach bleiben wir liegen und starren an die Decke. Himmelblau. Die Tapete ist dunkler und endet ganz oben in einer Bordüre mit Blumenkränzen.

»Es hat dir nicht gefallen«, sagt er.

Als ich seine Stimme höre, denke ich, dass ich nicht die Einzige bin, die er mit hierher genommen hat.

»Du bist wieder mit einer anderen zusammen, nicht wahr?«

Er schüttelt seine Hose auf, zieht sie an und sucht nach seinem Pullover. Ich dachte an das Mädchen, das unten im Café am Kai servierte. »Michael?«

Er lächelt. »Du gibst nicht so leicht auf, was? Wenn ich ›nein‹ sage, wirst du mir nicht glauben, und wenn ich ›ja‹ sage, ist die Hölle los. So war es immer.«

»Vielleicht habe ich mich verändert.«

»Die Menschen ändern sich nicht. Sie ziehen um oder schaffen sich einen neuen Namen an. Aber sie ändern sich nicht.«

Anschließend gehen wir zurück ins Wohnzimmer und sitzen stundenlang in den Sesseln. Michael sagt, die dunkle Mattscheibe des Fernsehers sei ein schwarzes Loch im Raum, das alles in sich aufsaugen wird.

Es war noch früh, als wir nach draußen gingen; ich trug die Stiefel von Michaels Mutter, das Gras war nass. Michael ging vor. Er war wirklich viel dünner, seine Hose hing lose an seinen Beinen herab. Ehe wir den Wald erreichten, kamen wir an einem Bauplatz vorbei. Die Maschinen glotzten uns vom Rand des offenen, baumlosen

Feldes aus an. Die Arbeiter saßen auf Kisten und machten Brotzeit. Niemand bewegte sich, sie waren wie eine Gruppe Mumien in einem Grab. Wir folgten einem breiten, geraden Weg, vor mir auf dem Boden waren helle Flecken – Dreiecke oder breite Rechtecke, die die Sonne zeichnete, wenn sie durch die Bäume schien. Michaels Haare, wenn er in einen Lichtstrahl trat. »Wohin gehen wir?«, fragte ich.

Keine Antwort, bis er plötzlich stehen blieb. »Hier runter.«

Wir gingen auf eine Lichtung im Wald zu. Erneut Stille. Michael sah mich an. Ich kannte diesen Blick. »Lass es uns hier tun«, sagte er.

»Michael, du bist verrückt.«

Ich lachte, doch das war kein Lachen.

»Ich dachte, wir wollten jagen.«

»Los, komm, sei nicht prüde.«

Er zog seine Hose aus und dann machte er meine auf und zog mir die Stiefel seiner Mutter aus.

»Leg dich hin, so.«

Er küsste mich, küsste mich und zog mir die Hose aus, und ich spürte, wie er in meiner Hand steif wurde. Er glitt in mich, los, komm, aber nicht so schnell, lass dir Zeit. *Ich sah auf die Stiefel. Ich konnte nicht anders, ich musste an Michaels Mutter denken. Hätte sie die Stiefel jetzt getragen, sie hätte sich sicherlich von uns abgewendet und würde dann genau so dastehen wie die Stiefel jetzt. Sie würde über Michaels Brille sprechen und die Roller in den Fünfzigern, würde Kaffee servieren und versuchen, das alles zu ignorieren.*

»Was, zum Teufel, ist so lustig?«

»Ich dachte an deine Mutter.«

Er schlug seine Faust neben mir in den Boden. »Ich habe gesagt, du sollst nicht von ihr reden! Oder?«

Er hielt meinen Kopf fest, es tat weh. »Und dreh dich nicht weg, ich will dich die ganze Zeit sehen.«

Danach richtete er sich auf und zeigte in den Wald.

»Wir müssen zum Weg auf der anderen Seite hinunter«, sagte er, »wenn wir ein paar Tiere erwischen wollen, müssen wir den Weg überqueren.«

Ich wache frühmorgens vom Klingeln des Telefons auf.

»Ann?«, rufe ich, doch ich erhalte keine Antwort. Dann fällt mir ein, dass sie zu einer Theaterbesprechung in die Stadt gefahren ist. Ich bereite mich darauf vor, eine von Mutters Freundinnen in der Leitung zu haben – oder Lillian, aber stattdessen bleibt es ganz still. Ich höre meine eigene Stimme mehrmals *hallo* sagen. Keine Antwort. Aber es knackt leise in der Verbindung. Die Stille hat etwas Erschreckendes, als ob es etwas gibt – irgendetwas im Inneren des Apparates, das einen Weg nach draußen finden will.

»Hallo – wer ist da?«, frage ich noch einmal. Ich habe das Gefühl, dass derjenige, der sich am anderen Ende der Leitung befindet, weit entfernt ist.

»Geh du vor«, sagte Michael, »ich komme nach.«

Ich fror, als ich meine Hose wieder anzog. Die Wolken zogen sich über uns zusammen, und die ersten Regentropfen fielen mir ins Gesicht, als ich nach oben schaute. Grauer Himmel über Michaels Kopf.

»Michael«, sagte ich, »ich kann nicht vorgehen.«

»Tu, was ich gesagt habe.«

Vor mir lagen gefällte Bäume, die leeren Stümpfe glotzten mich an. Einer sah aus, als wäre er von einem Blitz getroffen worden, der Stamm lag da – eine Riesenwurzel mit langen, hilflosen Armen, die in die Luft griffen. Ich begann wieder nach oben zu gehen, in Richtung des Weges, ich hörte, dass er hinter mir herkam.

»Dreh dich nicht um.«

Ich ging weiter, wurde schneller.

»Michael, bist du da?«

Ich konnte hören, dass er die Waffe öffnete, eine Patrone in den Lauf schob, und sie wieder schloss. Ich hörte das leise Klicken, dann drehte ich mich um.

Er hatte den Lauf an den Mund gelegt, seine Lippen umschlossen die schwarze Mündung – er sah mich an. Sein Blick war ruhig. Ich habe gesagt, du sollst dich nicht umdrehen. *Der Finger am Abzug bewegte sich, aber er sah mich noch immer direkt an. Und ich dachte:* Mach keinen Blödsinn, Michael, wie soll ich dich hier rauskriegen, wenn du das tust. *Das war alles.*

Ich kotze in Tüten und Eimer und rieche nach Schweiß und Schlaflosigkeit. Wir stehen draußen im Gemüsegarten, und ich helfe Mutter, die Kartoffeln zu ernten. Sie gräbt die Erde mit einer Mistgabel um und sammelt die Kartoffeln in eine Wanne mit grünen Handgriffen. Die hellroten Knollen fallen in die Wanne und Mutter schüttelt die Erde von der Forke, wobei sie einen Blick auf meinen Bauch wirft, sie ist verletzt und böse. Aber sie sagt nichts. Ich sehe aber dennoch, was sie denkt. *Jetzt hast du es wirklich getan, Fräulein Plattfuß.*

Der Winter legt sich wie eine Decke über die Felder, und ich gehe morgens die Post holen. Es schneit, drei Männer versuchen auf der Straße ein Auto anzuschieben, dessen Räder immer wieder durchdrehen. Sie grüßen kurz und übersehen meinen Bauch. Ich laufe zurück, strecke meine Kugel vor mir in die Luft und achte sorgsam darauf, wo ich hintrete. Sie hat Recht. Ich weiß nicht mehr, was ich tun soll. Verschlafe die Tage und sehe abends fern. Ich bin eine schwere Kuh, die in einer großen, angenehmen Stallbox kalben soll.

Zu guter Letzt kann Ann sich nicht länger beherrschen.

»Was willst du tun?«, fragt sie, während sie das Essen für sich und die plumpe, gierige Wölfin macht, die alles Essbare, das in ihr Blickfeld gelangt, in sich hineinstopft.

Ich spüle. Bald bin ich in der Lage, eine Tasse auf meinem Bauch zu balancieren. Mutter ist nicht beeindruckt.

»Wenn das Kind kommt, verschwinde ich«, sage ich.

»Fantastisch, hast du einen spannenderen Ort gefunden?«, sagt sie spitz. »Zu William und seinen Lovern? Sei nicht dumm. Du kannst nirgendwo sonst hin.«

Ich werfe das Geschirrtuch weg und gehe nach oben. Sie telefoniert mit jemandem, während ich meine Sachen in eine Reisetasche stopfe – den Pass einstecke und mein Geld zähle. Nachdem ich das Auto beladen habe, bleibe ich darin sitzen und starre vor mich hin. Das Weiß des Schnees ist rein, klar. Zwei Gestalten laufen quer über das Feld, graue Schatten auf dem Schnee. Ich schließe das eine Auge und drücke leicht mit dem Zeigefinger darauf. Mit Michael bin ich auch einmal über dieses Feld gegangen. Er hat die Arme um mich gelegt und mich im Kreis gedreht. *Schließ die Augen und versuch mich zu finden. Spürst du mich?*

»Und wo willst du hin?«

Ann klopft an die Scheibe. Sie hat sich ihren karierten Schal um den Kopf gewickelt.

»Ich gehe«, sage ich, »ich kann einfach nicht mehr hier bleiben und mir deinen Sarkasmus anhören.«

»Komm, ich helfe dir ins Haus«, sagt sie.

»Du hilfst mir, verdammt noch mal, nirgendwohin!«

Sie schaufelt den Schnee in der Einfahrt weg und geht dann wieder ins Haus. Von außen betrachtet ist das alles nicht zu verstehen, alles wirkt so aufgeräumt. Ich sehe sie hinter dem Fenster, sie deckt den Tisch, bereitet das Abendessen vor, hackt Zwiebeln. Es beginnt, dunkel zu werden, die Farben verschwinden, und Mutter macht in der Küche das Licht an. Sie sieht aus dem Fenster. Ich drehe mich um, das Feld ist verschwunden und meine alte Angst vor der Dunkelheit kommt zurück. *Schließ die Augen und versuch, mich jetzt zu finden.*

An Weihnachten kommen Jarle und Victor. Ich sehe, wie sie Mutters Weihnachtspunsch trinken und um gute Stimmung bemüht sind. Sie dürfen meinen Bauch berühren und einen schönen Namen suchen. Sogar Mutter hat gute Laune. Sie ist froh, die beiden zu sehen. Sie haben Geschenke gekauft. Früher sagten wir uns immer: *Tu nichts, was du bereuen könntest, bereue nichts, was du getan hast.* Doch das ist Ewigkeiten her. Victor hat sich mit der wandelnden Barbiepuppe Ken mit den spitzen Hüftknochen gestritten, er lässt mir seine Glückwünsche ausrichten. Adrian ruft an, um mir fröhliche Weihnachten zu wünschen. Er ist weder betrunken noch hat er mir verziehen, dass ich ohne etwas zu sagen gegangen bin. Wir reden darüber, wie deutlich unsere Stimmen wiedergegeben werden, wie man es tut, wenn man wirklich sehr weit voneinander entfernt ist. In Wirklichkeit kommt es uns nur so vor, weil wir einen klaren Kopf haben. Er fragt mich, wie es mir geht, und wann wir uns wiedersehen können.

»Adrian, ich glaube, ich werde für eine Weile nicht kommen«, sage ich. »Ich bekomme in einem Monat ein Kind.«

»Dein Humor ist einfach krank, und wie steht's mit deiner Mutter? Kriegt die auch ein Baby?«

Er glaubt mir nicht, doch das hat nichts zu bedeuten. Er ist zu weit entfernt, um jetzt eine Bedeutung zu haben. Die Jahre sind der größte Abstand, den es gibt. Bald wird es ihn nicht mehr geben.

»Ja«, sage ich, »Ann hat sich immer eine neue Chance gewünscht, nachdem das mit mir so in die Hose gegangen ist.«

Erst nachdem ich aufgelegt habe, bemerke ich, dass Ann hereingekommen ist. Sie muss gehört haben, was ich gesagt habe.

William fährt Motorrad, und sie schiebt den Kinderwagen durch die Stadt, in dem ich wie in einem kleinen Boot liege, das auf einem stillen Kanal dahingleitet. Er fährt an uns vorbei und winkt. Sie winkt zurück, hält aber mit einer Hand den Wagen fest.

Und dann, eines Tages, versucht sie, mich zu verlieren. Sie stellt den Wagen mitten am Vormittag vor einer Konditorei ab. Es wimmelt dort drinnen von alten Frauen, als sie mich rechts der Treppe abstellt und ihrer Wege geht.

Natürlich kommt sie nicht weit, ehe sie es bereut. Sie dreht sich um und rennt zurück. Gedanken schwirren durch ihren Kopf, die Angst, dass etwas geschehen sein könnte. Als sie in die Straße einbiegt, in der die Konditorei liegt, sieht sie die kleine Gruppe Frauen, die den Wagen umringt. Sie bleibt einen Augenblick stehen, stellt sich vor, der Wagen sei umgestoßen und das Kind verletzt worden, sie weiß nicht, was genau passiert ist. Das Einzige, was sie sicher weiß, ist, dass sie eine von den Frauen kennt. Ihre Schwiegermutter hat das Baby auf den Arm genommen und wiegt es. Das Kind schreit klagend. Die Frauen treten einen Schritt zur Seite. Die Mutter meines Vaters steht aufrecht und sicher wie eine Statue da. Die Frau mit dem Kind. Beschützend. Mein Vater ist benachrichtigt. Er ist auf dem Weg. Mit seinem Motorrad.

Mitten in der Nacht wache ich auf und weiß Bescheid. Ich frage mich, ob das von außen sichtbar ist. Es macht einsam, es nur alleine zu spüren. Einen Moment lang bekomme ich Lust, nach Mutter zu rufen. Ich richte mich im Bett auf und halte mir den Bauch. Es bewegt sich ganz wild dort drinnen, doch das tut es schon seit vielen Monaten. In mir ist ein ganzes Universum, dort liegt das Kind wie eine saure Gurke in einer runden Welt aus Wasser, frei wie eine Anemone, einsam wie ein kleines Unterseeboot auf

Entdeckungsreise in unbekannten Fahrwassern, und ebenso erschrocken wie ich.

Die Wehen sind stark, ich kann dabei unmöglich schlafen. Sie sind mit nichts zu betäuben. Ich bleibe den Rest der Nacht sitzen und lese, bis kaltes Licht durch die Gardine hereinfällt. Dann krieche ich in Mutters Badewanne, drehe die Dusche an und lasse das warme Wasser über meinen großen Bauch rinnen, der jetzt zur Ruhe gekommen ist. Die Wehen sind noch immer so stark, dass ich mich manchmal festhalten und nach Luft schnappen muss, doch das Kind ist ruhig, es schläft oder lauscht dem Geräusch des rinnenden Wassers oder meiner Stimme. Ich habe es nur einmal gesehen, auf dem Bildschirm bei der Ultraschalluntersuchung im Krankenhaus: Das Kind hat seinen durchsichtigen Arm gehoben und gewunken. Bei der Gelegenheit ließ ich es offenbar dort auf dem Schirm zurück, im Krankenhaus, denn erst als es sich ordentlich zu bewegen begann, sich mehrmals am Tag in meinem Bauch herumwälzte, fühlte ich, dass es wieder da war.

Nach der Dusche fühle ich mich wieder besser. Als ich die Treppe nach unten gehe, frage ich mich, ob Mutter wach ist, doch ich höre keine Geräusche aus ihrem Schlafzimmer.

Ich ziehe Anns alten Parka an und öffne die Tür. Der Regen plätschert durch die Dachrinne in das Wasserfass. Ich habe keine Ahnung, wofür Ann es braucht. Langsam gehe ich den Weg durch den Garten, es gurgelt jedes Mal, wenn ich die Stiefel aus der nassen Erde ziehe. Immer wieder muss ich stehen bleiben und Luft holen, die Wehen sind stärker als zuvor. Ich gehe ein Stück die alte Straße hinunter, ehe ich umkehre. Jetzt zieht es sich doch hin. Die Stiefel versinken im Boden, und das Haus scheint überhaupt nicht näher zu kommen. Als ich den Weg erreiche, der zur Haustür führt, läuft mir Ann entgegen.

»Wo bist du gewesen?«, fragt sie, »ich habe es wirklich mit der Angst bekommen.«

»Ich konnte doch wohl kaum weit kommen«, antworte ich, »warum also diese Panik?«

Drinnen im Haus bringt sie mich dazu, mich hinzulegen.

»Ich dachte, sie hätten gesagt, ich solle viel laufen«, sage ich.

»Du wirst noch all deine Kraft brauchen«, erwidert sie, »versuch, dich ein bisschen zu entspannen. Eine Freundin von mir hat praktisch bis zu dem Moment Sport gemacht, als sie sie in die Klinik brachten – es hat Ewigkeiten gedauert, und zu guter Letzt haben sie das Kind mit Kaiserschnitt geholt.«

Dieser Tag ist irgendwie seltsam, das Haus wirkt verändert. Ann besteht darauf, dass ich ruhig liegen bleibe, und wenn ich mich weigere, ihre Befehle zu befolgen, beschimpft sie mich wütend, ich sei trotzig. »Nicht, dass das etwas Neues wäre«, fügt sie hinzu.

»Ich muss mich bewegen«, sage ich, »ich kann einfach nicht mehr still liegen bleiben – ich glaub nicht, dass das richtig ist.«

»Woher willst du wissen, was richtig ist?«, beginnt Ann, doch sie redet nicht weiter.

Gegen Abend ruft sie im Krankenhaus an. Ich sitze im Wohnzimmer, habe die Beine hochgelegt und sehe mir Batman im Fernsehen an. Die Serie aus den sechziger Jahren. Frauen in engen Skihosen stellen die Eindringlinge aus dem All dar, sie kommen mit flachen, spiegelartigen Raumschiffen auf die Erde heruntergeschwebt, die gerade lang genug auf dem Bildschirm verweilen, dass man nicht den dünnen Nylonfaden erkennen kann.

Im Krankenhaus erfahre ich, dass es Platz für mich gibt, wenn ich mich noch ein paar Stunden gedulden könnte, andernfalls müsste ich in eine andere Klinik. Es ist nicht ganz klar, wie lange ich mich gedulden muss, doch sie bitten uns, wieder anzurufen, wenn die Fruchtblase platzt oder die Wehen regelmäßiger werden. Ich bekomme langsam das Gefühl, dass das ganze ewig dauern kann.

Batman und sein Gehilfe sind in eine Ecke gedrängt worden und einer der aggressivsten Eindringlinge hat es auf ihn abgesehen. Sein Haar klebt platt auf dem eimerartigen Schädel, und er zeigt mit einer Art Plastikkarotte, die die Laserkanone darstellen soll, auf Batman. Sein Blick scheint zu fragen, welche Rolle man ihm wohl als Nächste anbieten würde.

Mutter hat Tee gekocht. Wie alle Tees von Mutter schmeckt er nach gekochtem Wasser, nach nichts sonst. Vielleicht *ist* es das auch. Ich frage nicht. Ich halte mich an der Lehne des Sofas fest und versuche, die Krämpfe zu ertragen. Ich weiß, dass ich schnell atmen muss, aber das ist auch schon alles, was ich weiß. Mein Wissen über Geburten habe ich aus kurzen Filmsequenzen oder den Horrorgeschichten aus Lillians Wochenblättern mit den fett gedruckten Überschriften: *Das Wunder-Baby* oder *Die geheimnisvolle Geburt.*

»Du bräuchtest jemand, der dir Kraft gibt, jemand anderen«, sagt Ann.

»Ich komme schon zurecht.«

Ich konzentriere mich auf meine Atmung, ich schnaufe laut, und dann ist auch diese Wehe vorüber, und ich kann mich ein paar Minuten entspannen, ehe es wieder losgeht.

»Als du geboren wurdest, hatte ich deinen Vater. Er gab mir Sicherheit – wie eine Wand, an die ich mich lehnen konnte, ohne nach hinten zu kippen.«

Sie beißt sich auf die Lippe, scheint nachzudenken.

»Später war er dann nur noch das. Eine Wand. Du kommst weder an ihr vorbei, noch durch sie hindurch.«

Es ist seltsam, sie über William reden zu hören, es muss diese Geburt sein, die sie heraufbeschwört, die alten Erinnerungen. Ich habe nicht viel Zeit, darüber nachzudenken, ehe eine neue Wehe beginnt. Sie ist hart und schmerzt wirklich. Sie reißt mich hoch.

»Das reicht jetzt, ich rufe das Krankenhaus wieder an«, sagt Ann.

Als sie zurückkommt, sagt sie, wir sollten fahren.

Sie holt meine gepackte Tasche aus dem Zimmer und hilft mir ins Auto. Als sie zurückgeht, um die Tür zu schließen, geht mir durch den Kopf, dass ich erst wieder durch diese Tür treten werde, wenn ich ein Kind geboren habe.

Ann setzt sich an meine Seite und beklagt sich über die Kälte. Sie dreht den Schlüssel um, doch nichts geschieht.

»Vielleicht solltest auch du dich entspannen«, sage ich.

Sie versucht es erneut, doch es nützt nichts.

Ann hat ihr altes Wrack ein paar Tage zuvor in die Werkstatt gebracht. Das heißt, dies hier ist das einzige Auto.

Nach einer Viertelstunde löst Ann den Sicherheitsgurt und öffnet die Tür. »Ich bleibe nicht lange«, sagt sie, »halte durch.«

Ich sehe sie den Weg hinunterlaufen, der zu dem Hof führt, wo wir gewöhnlich Eier kaufen.

Minuten vergehen. Ich beginne mich mit dem Gedanken anzufreunden, dass Mutter in eine vergessene Fuchsfalle aus dem letzten Jahrhundert gestolpert oder einer Gruppe krimineller Landstreicher zum Opfer gefallen ist, die ihr die Autoschlüssel und ihre Geldbörse abgenommen haben. In diesem Moment teilen sie sicher die Kreditkarten unter sich auf. Ich werde mein Kind alleine im Auto bekommen und in Anns Parka wickeln, der nach Rauch und billigem Tabak stinkt.

»Du hattest doch wohl nicht gedacht, das wäre so einfach, Marie?«, sagt Mutter, als sie zurückkommt, aber sie scheint das fast zu sich selbst zu sagen. Sie hat den Mazda des Nachbarn mitten in der Einfahrt geparkt und muss mich den ganzen Weg zu dem anderen Auto stützen, meine Beine zittern, obgleich ich nicht friere.

»Was glaubst du, was wird es werden?«, frage ich Mutter, als sie in die Straße einbiegt. »Ein Sonnenkind oder ein Regenkind?«

»Wie meinst du das?«

Sie scheint nicht zu verstehen, wovon ich spreche, oder vielleicht tut sie nur so.

»Erinnerst du dich nicht? Die Ballettschule.«

»Ach ja, diese dumme Aufführung.«

Sie wirft mir einen raschen Blick zu. »Aber du denkst doch wohl nicht noch immer daran?«

»Du hast damals gesagt, ich würde mich vor den anderen lächerlich machen, wenn ich nicht mitmachte.«

»Habe ich das gesagt? Ja, dann glaubte ich das wohl.«

»Ja, das hast du.«

»Lass uns nicht streiten, Marie.«

Das Krankenhaus wirkt still, als wir vor den Eingang zur Geburtsabteilung fahren. An der Rezeption ist Licht, doch es ist niemand zu sehen. Der Architekt muss an Eiswürfel gedacht haben, als er diesen Bau entworfen hat, vielleicht hat er in sein Whiskeyglas gestarrt, für so eine Idee muss man wirklich einen im Kahn haben. Oder es war ihm alles egal, und er hat einfach an die Kohle gedacht. Mutter geht vor mir zur Rezeption; sie kümmert sich um alles, gibt den Namen an und reicht die Papiere durch die Luke. Ich bekomme einen großen gelben Raum mit einem Bett und einem Nachttisch, und dann heißt es warten. Mutter läuft im Kreis herum. Zwischendurch kommt die Hebamme und fragt, wie es mir geht. Sie sieht aus wie Bette Midler im Film *The Rose,* eine aufgesetzte Gleichgültigkeit. Sie zieht sich Gummihandschuhe an und schluckt zu viel Luft beim Sprechen. »Ich werde gleich die Fruchtblase öffnen«, sagt sie, »und dann gebe ich ihnen etwas gegen die Schmerzen.«

Schnell verlässt sie das Zimmer wieder. Durch die Wand höre ich Stöhnen und eine ärgerliche Stimme: *Ja, verdammt, Jonas, du hast leicht reden. Warum machst du nicht weiter und versuchst, das Kind rauszukriegen?* Mutter hat die obligatorische Ausrüstung angezogen, ihre Beine wirken in den türkis-grünen Säcken ungewöhnlich klobig, ich sehe, dass sie Lust auf eine Zigarette hat, sich aber beherrscht. Die Gardinen sind vorgezogen, einzig die Lichter der Autos draußen auf der Straße sind zu erkennen.

»Ich will nicht, dass du hier bist, Ann«, sage ich, »ich möchte das am liebsten allein durchstehen.«

»Ich habe mir vorgenommen, mich heute nicht von dir verletzen zu lassen«, sagt sie, »du kannst weitermachen, aber es wird dir nicht gelingen.«

Die Hebamme arbeitet gewandt, sie gibt mir eine Spritze, und dann öffnet sie die Fruchtblase mit einer Art fortschrittlicher Stricknadel. Das Fruchtwasser riecht nach alten Knackwürstchen. Dann legt sie mir einen Gürtel über den Bauch und schiebt einen elektrischen Schreiber heran, der feine Linien auf ein kariertes Papier zeichnet.

»Die Herztöne«, sagt sie, »aber darum brauchen Sie sich nicht zu kümmern.«

Die Spritze wirkt, und ich versinke wie in Baumwolle, entschwinde aus der Gegenwart. So muss es sein, wenn man sich siebenhundert Meter über der Erde befindet und sich der Fallschirm gerade nach Plan öffnet. Ann nimmt meine Hand, doch ich schüttle sie ab. Was bleibt, ist eine gewisse Kälte. Ich bin glücklich, man sollte immer Petidin nehmen, das ist sicher die Lösung aller Probleme. Ich träume – doch das ist kein Traum – es ist etwas, das ich erlebt habe; die Sommerferien, früher, als ich noch ein Kind war. Wir nahmen den Bus zum Ferienhaus, und ich hatte das Päckchen mit dem neuen Modellflugzeug bei mir. Es war warm im Bus, meine Hände schwitzten und meine Finger zeichneten sich auf dem Plastik ab, das das Päckchen umgab. Auf der Verpackung war ein richtiges Flugzeug auf einer Rollbahn abgebildet und kleine Männer in grauen Overalls, die dem Piloten Zeichen gaben. Ann hatte die Haare hochgesteckt, sie hatte sie für William gefärbt. Sie sah glücklich aus und summte einen Beatles-Song. William trifft uns an der Bushaltestelle, er trägt mich den ganzen Weg und hilft mir anschließend mit dem Modellflieger im Garten. Er hat die Ärmel seines hellen, khakifarbenen Hemdes hochgekrempelt, eine Kippe im Mund und seine sonnenverbrannte Stirn in Falten gezogen. Er zeigt mir, wie man die Teile befestigen muss. Langsam, geduldig, als gäbe es nichts Wichtigeres auf der Welt. Ich trage kurze Hosen und das Gras zeichnet sich auf meinen Knien ab, wenn ich aufstehe. Mein Vater hält das fertige Flugzeug hoch, steht auf, lässt es mit der Hand durch die Luft segeln und führt es sicher in den Himmel. Die blaue Farbe umgibt ihn, sie rahmt seinen Kopf und seinen Oberkörper ein und das Flugzeug, das in der großen Faust brummt, einen schmucklosen Metallflieger, ein gigantisches Insektenskelett.

Mutter sitzt auf einem Stuhl am Fenster. Sie hat sich eine Jacke über die Schultern gelegt und lehnt den Kopf an die Wand. Ich glaube, sie schläft, doch als ich mich zu bewegen versuche, steht sie auf und kommt zu mir herüber.

»Wie geht's dir?«

»Schlecht«, sage ich, »verdammt schlecht.«

»Ich geh die Hebamme holen«, sagt sie und läuft auf den Flur.

»Nein, bleib bei mir«, sage ich.

Jetzt sind die Schmerzen unerträglich, ich zittre, mein Körper will nicht mehr ruhig liegen bleiben.

»Ich glaube, sie haben zu lange gewartet«, sagt die Hebamme, die gefolgt von Ann durch die Tür hereinkommt. Sie untersucht mich und sieht beunruhigt aus. Ich denke an all die Schilderungen, die ich darüber gehört habe, das warme, grenzensprengende Gefühl, das man angeblich haben soll. Es soll Frauen geben, die Musik hören und dabei in der Badewanne sitzen, während ihre nervösen Männer herumspringen. Wahrscheinlich trinken die dann auch Champagner. Das muss eine Riesenlüge sein. Ein gigantischer Betrug, um die Geburtszahlen in die Höhe zu treiben. Ich fasse es nicht. Ich habe riesige Lust, jemanden zu beißen, die Hebamme auszuschimpfen und das ganze Krankenhaus damit. Meine Schenkel zittern. Ich klappre mit den Zähnen. Zwischen meinen Beinen hat sich etwas festgesetzt, eine kleine scharfe Angst hat ihre Krallen ausgefahren.

»Ich brauche eine Betäubung«, sage ich, »irgendetwas. Sagen sie jetzt bloß nicht, dass sie nichts haben.«

»Ich kann ihnen nicht noch mehr Petidin geben«, sagt sie.

»Lachgas«, sage ich, »können sie mir das nicht geben?«

Sie holt einen Arzt, der eine lange, Furcht einflößende Spritze in den Händen hält.

»Ich habe nach Lachgas gefragt«, versuche ich zu sagen.

»Liegen sie still«, befiehlt er, als sei ich ein großes, anstrengendes Kind, das ihn mitten in der Nacht geweckt und nach Süßigkeiten gefragt hat. Die Schmerzen verschwinden unter seinen geübten Händen. Die Süßigkeiten nennen sich Paracervical – Anästhesie. Ich spüre nichts, keine Wehen, keine Schmerzen. Das ist anscheinend nicht richtig so. Der Arzt sieht nervös aus. Die Hebamme bittet mich zu pressen.

»Du darfst jetzt nicht die Luft anhalten«, sagt Ann. Ich habe Lust, sie zum Teufel zu schicken.

»Ja, gut so«, sagt die Hebamme, »das machen Sie prima.«

Als hätte ich einen komplizierten Salto gemacht oder eine Taube aus einem Hut gezaubert. Der alte Trick. Ich sauge es auf, will ein braves Mädchen sein.

Doch der Arzt ist nicht beeindruckt. Er deutet auf den Kardiographen und berät sich mit der Hebamme.

»Seien Sie froh, dass Sie eine Betäubung bekommen haben«, sagt sie lächelnd, »wir werden die Zange brauchen.«

Doch es gibt keine Betäubung für das, was jetzt kommt. Es ist wie von innen gesprengt zu werden, mein Körper zerrt in eine Richtung, die ich nicht gehen will, er reißt und zieht, doch ich kann nicht mit, und es gibt keine Möglichkeit, ihn zu stoppen. Alles funktioniert nach einem eigenen, unbarmherzigen Rhythmus, nicht ich gebe hier den Ton an, und ich habe den Verdacht, dass es auch nicht das Kind ist. Das Kind, das sich ebenso fürchtet wie ich; ein Tiefseefisch, der zu schnell an Land gezogen wird. Irgendwann sehe ich Anns Augen über mir. Sie hat sich die Hand auf die Stirn gelegt und dreht sich halb weg. Sie schaut direkt auf das hinunter, was zwischen meinen Beinen passiert. »Noch einmal«, höre ich den Arzt sagen. Ich will es nicht glauben, das darf doch nicht wahr sein, er tut das, weil er mich hasst. Das kann doch nicht wahr sein. Eine große, blaue Flamme reißt sich irgendwo hinter meinen Augen los und schießt in den Himmel. Dann lassen mich die Schmerzen los.

»Es ist geschafft«, sagt er. Sie ziehen es zwischen meinen Beinen hervor, etwas Gurgelndes, das versucht, Luft zu holen.

»Das Kind ist ganz gesund«, sagt Ann, »willst du wissen, was es ist?«

Ich nicke. Und ganz tief in ihren graubraunen Augen sehe ich das Kind, es bewegt sich und schreit. Es hat einen perfekten Rücken, perfekte Züge, kleine, blaue Händchen, die den Verlust bereits spüren. Es bewegt sich und sucht mit seinem enormen, weit geöffneten Mund – nach mir. Ich soll ihm einen Namen geben. *Ich will nicht sehen.*

Die Tage sind einfach. Ich spiele mit, stelle die Blumen ins Wasser, lese die Glückwunschkarten und taste mit der Hand in dem kleinen Kinderbettchen mit dem bunten Bezug nach dem Atem. Ich lächle das Personal an und esse das Essen, das mir gebracht wird. Mutter fragt, wie es mir geht. »Ich stille«, sage ich, »es geht gut.«

»Du solltest ab und zu mal rausgehen«, sagt sie, »mit den anderen sprechen.«

Ich habe keine Lust über den Flur in den Aufenthaltsraum mit all den Frauen und all den Bäuchen zu laufen, habe keine Lust, über Geburtsgewicht und -größe ausgefragt zu werden, und ob ich nicht Sodbrennen gehabt hätte, wo das Baby doch mit so vielen Haaren auf die Welt gekommen sei. Stattdessen liege ich im Bett, lasse die Schwestern sich um das Kind kümmern und mir Tabletten in kleinen Plastikgläschen bringen. Sie sind freundlich und hilfsbereit, und das Ganze erinnert mich ein bisschen an die Arrangements der Ballettschule – sogar Frau Eberson ist mit von der Partie, wiedergeboren in der grimmigen Kinderschwester, die die Säuglinge immer zu stramm wickelt und sagt, es täte den Kindern ganz gut, ein bisschen zu schreien. Aus dem Aufenthaltsraum höre ich lautes Reden und die Art von Lachen, zu der sich Mädchen hinreißen lassen, wenn sie unter sich sind.

In den Besuchszeiten kommen Victor und ihr Freund. Sie sehen sich das Kind an und verschwinden schnell wieder. Victor küsst mich auf den Mund, sie hat eine Tüte Äpfel mitgebracht und erzählt mir, dass ihre Scheidung endlich über die Bühne sei. Sie bleiben nicht lange, und ich versuche sie nicht festzuhalten. Mutter kommt wieder mit Zeitschriften und Schokolade, fragt, ob die Naht noch immer so wehtut, und macht ein paar Fotos, während die Schokolade auf dem Nachttisch schmilzt. Sie sagt, ich solle mir die Haare kämmen, damit sie nicht verfilzen.

Die Nächte sind das Problem. Ich schlafe nicht, die Frau, mit der ich das Zimmer teile, hat Albträume. Sie spricht im Schlaf, erzählt, dass sie nicht ausgehen kann, weil sie ihre Schuhe nicht findet. Manchmal weint sie auch, sie hatte einen Kaiserschnitt. Unablässig bekommt sie Besuch von einem kleinen, kräftigen Mann, der nach seinem Sohn fragt und wissen will, warum sie ihn nicht ständig bei sich hat. Sie sieht mich an und bittet ihn, leiser zu sprechen. Ein paar Mal zieht sie den Vorhang vor dem Bett vor, und ich kann das leise Flüstern und Sprechen hinter dem hellen Stoff hören. Ihr Baby ähnelt seinem Vater aufs Haar, es schnaubt wütend und vorwurfsvoll, wenn es zum Essen aufgenommen wird, saugt wie besessen an der Brustwarze seiner Mutter und rülpst ihr ins Gesicht. Das Einzige, was ihm fehlt, ist der kleine Schnauzer und der Gürtel mit den Autoschlüsseln dran. Ich stehe auf und laufe ein bisschen über den Flur, die Naht tut weh, mein Unterleib brennt, und ich stelle mir vor, ein großes, dunkles Loch in meinem Körper zu haben. Einmal taste ich vorsichtig mit den Fingern, ich spüre den Faden, die kleinen Knoten im Fleisch. Rasch ziehe ich meine Hand zurück und entschließe mich, mich nicht mehr daran zu erinnern, dass es etwas unterhalb meines Nabels gibt. Am dritten Tag fühle ich mich gut genug, um bis ganz nach unten zu gehen. Ich bitte die Frau im Nachbarbett, auf das Kind aufzupassen, und schleiche mich zum Krankenhauskiosk, wo ich zwei Apfelsinen und eine Straßenkarte kaufe. Eine Apfelsine gebe ich der Frau im Nachbarbett, die Karte breite ich auf meiner Decke aus. Das macht mir gute Laune.

Am Nachmittag schiebe ich das Kind im Flur hin und her. Es schläft und atmet wie es soll. Nur ein einziges Mal habe ich versucht, es selbst aus dem Bett aufzunehmen, es begann zu schreien und sich zu winden und das winzige Gesicht verzog sich schmerzerfüllt, während sich der Körper verkrampfte. Ich stand mitten auf dem Flur, und die Schwestern starrten mich an.

»Es rutscht mir aus den Händen«, sagte ich.

Sie sahen mich einen Augenblick lang verständnislos an, ehe eine von ihnen herbeistürzte und mir zur Hilfe kam.

»Sie müssen das Baby fester an sich drücken, die Kleinen werden unsicher, wenn sie das Gefühl haben, in der Luft zu hängen.«

Natürlich. Ich weiß, was sie denkt. Das Baby seufzt, und ich nehme ihm das nicht übel. Wir haben einen stillen Pakt geschlossen. Ich lasse es in Frieden, und das Kleine verspricht mir, mich nicht zu verraten.

Schließlich bitte ich darum, früher entlassen zu werden. Niemand hat etwas dagegen, doch sie fordern mich auf, mir das noch einmal zu überlegen.

»Gibt es jemanden, der ihnen helfen kann«, fragen sie.

»Meine Mutter«, lüge ich, »sie liebt Kinder.«

Ann kommt und holt uns. Sie hat eine gelbe Babytasche gekauft und Decken hineingestopft. Zu oberst liegt mein alter Baby-Strampelanzug samt Mütze, frisch gewaschen und gebügelt.

Sie beugt sich über das Bett und hebt das Baby hoch.

»Willst du es nicht anziehen?«

»Nein, mach du das doch.«

Sie plappert geschäftig, legt das Kind auf das Bett und verteilt die Sachen um es herum. Stopft die kleinen Ärmchen in die richtigen Löcher. »Es hat keine Ähnlichkeit mit dir. Abgesehen von seinem Wesen vielleicht. Du hast auch immer so unzufrieden ausgesehen.«

Jetzt lacht sie. Das Baby schließt die Augen und schläft ein. Es sieht aus wie eine Baumwollpuppe mit einem Eskimokopf. Es sieht sogar im Schlaf nachdenklich aus, ein unbeholfener Seehund an Land, inmitten seines eigenen Puzzlespiels mit viel zu vielen Teilen.

»Ich werde bald weiterziehen, Ann«, sage ich.

»Ja, ja«, antwortete sie, ohne zuzuhören, »geh du nur.«

Es ist weder Nacht noch Morgen, ich habe keine Ahnung, wo ich bin und was ich tue; vielleicht bin ich noch in einem unangenehmen Traum? »Jetzt ist es wieder wach«, höre ich Mutter sagen.

Sie beugt sich über mich, nimmt mich am Arm. »Was trödelst du so?«

»Ich habe ihn gefüttert, ich kann ihm nicht noch mehr geben.«

»Und warum hat er dann Hunger?«

»Vielleicht hat er keinen Hunger, vielleicht ist ihm bloß aufgegangen, wo er hier ist.«

»Das ist nicht der richtige Moment für dumme Sprüche«, antwortet Ann kurz, »erzähl mir jetzt nicht, ich hätte dich nicht gewarnt.«

»Ich weiß, du warnst mich ständig.«

Barfuß stapft sie aus dem Zimmer, und dann höre ich sie nebenan leise sprechen. Das Weinen verstummt. Sie muss ihn aufgenommen haben. Singt.

»Lass ihn in Ruhe, Ann. Du hast da drinnen nichts verloren.«

Keine Antwort. Sie läuft hin und her, ich höre sie durch die Wand, *ich muss weg hier*.

Ann ist ins Theater gefahren, und ich beginne zu packen. Ich komme nur langsam voran, ich habe keine Ahnung, was ich mitnehmen soll. Schließlich muss ich mich auf einen Stuhl setzen und nachdenken. Der Kleine protestiert lauthals, er brüllt sich die Seele aus dem Leib. Es dauert eine Ewigkeit, ihm die kleinen Sachen anzuziehen, die winzigen Ärmchen durch die Ärmel von Pullovern und Jacken zu schieben und die Bändchen und Knöpfe zu schließen.

Die Babyschale im Auto ist richtig montiert, es sieht aber trotzdem verkehrt aus. Der Kopf des Babys hängt schief. Ich versuche, ihn aufzurichten, aber es nützt nichts. Jetzt sieht es mich an.

»Verdammt, du musst mithelfen«, sage ich laut. »Sonst kommen wir nirgendwohin.«

Zu guter Letzt schläft der Kleine ein. Ich hieve die Tasche ins Auto und fahre. Anschließend ärgere ich mich, dass ich vergessen habe, die Tasse zu spülen, die noch auf dem Küchentisch stand. Ich will nicht, dass sie noch irgendetwas findet, wenn sie zurückkommt.

Das Baby hat Hunger. In einem Ort, durch den wir kommen, fahre ich zum Bahnhof und parke dort. Ich stille im Warteraum der Bahnhofshalle. Nur eine alte Frau sitzt auf einer der Bänke, sie ist beim Anblick des Jungen überglücklich. Ich hätte es wissen müssen; diese Art Frauen fühlen sich von Säuglingen angezogen wie Bienen vom Honig. Sie redet und redet. »Meine Kinder sind schon alt«, sagt sie. »Aber es ist nichts Besonderes, große Kinder zu haben, es sind die Babys, die wirklich zählen.«

Alte Kinder. Der Kopf des Kindes ist zu schwer für seinen Nacken; es sieht mich voller Ernst an. Die Augen eines Pastors. Bei meiner Konfirmation ließ der Pastor seine Hand extra lange auf meinem Kopf ruhen, *du wirst das brauchen.* Ich lege meinen Finger auf seinen Babykopf, streichle über seine Stirn und über die Öffnung an deren Ende. Der Blick bleibt unverändert. Ich puste ihm ins Gesicht, um ihn zu bestrafen. Sieh mich nicht so an. Er ringt nach Atem, die Augen werden schmal. Doch dieses Mal verzieht sich das Gesicht nicht, kein Laut kommt über seine Lippen, und seinen Blick behält er nun auch für sich. Ich kann es ihm ansehen, er sehnt sich bereits danach, älter zu werden, wegzukommen. Vielleicht ist er schon zu alt für seinen jungen, verwirrten Kopf. Altes Kind. *Ich habe einen Fehler gemacht, Hühnchengesicht, es tut mir Leid.*

Aber was nützt es, *das* jetzt zu sagen?

Hinter der schwedischen Grenze feiere ich den Abstand zu Ann mit einem Bier, der Kleine liegt mit zur Seite geneigtem Kopf im Kindersitz, er stinkt, aber er weint nicht. Es sieht aus, als würde er zuhören, als gäbe es einen Laut, auf den er seine Aufmerksamkeit richtet und auf den er sich konzentriert. Er mag die falsche Musik. Wenn ich meine eigenen Kassetten höre, liegt er mit einer Falte über den Augenbrauen da, doch wenn die Top Ten im Radio kommen, bewegt er Hände und Füße ekstatisch zu den Drum-Machines. Er ähnelt seinem Vater. Der gleiche staunende Mund, die gleichen kurzen Finger und die hochmütige Nase, irgendwo gibt es eine ganze Familie mit dem gleichen langen Hals. Das Kind sucht mit den Augen nach Händen, die vorbeifliegen und verschwinden, erblickt sie erneut und ahnt nicht einmal, dass es seine eigenen sind. Die Augen sind wie bei einer großen, alten Schlafpuppe.

Augen, die zufallen und sich wieder öffnen, jedes Mal mit einem leichten Klicken in der Mechanik.

Ich halte an einer Tankstelle, an der es großzügige Sanitärräume gibt. Ich stelle die Babytasche neben das Waschbecken, die Decke fällt zu Boden, doch ich kann sie nicht aufheben, denn ich habe mehr als genug damit zu tun, den Kleinen festzuhalten. Er hat sich vollgeschissen, bis oben hin, und sieht mich mit verwundertem Blick an. Gerade als ich meine Hand nach den trockenen Tüchern ausstrecke, wird mir klar, dass ich hier schon einmal war. Ich drehe mich um. Ich war hier einmal mit Michael, das ist viele Jahre her. Er lieh sich meinen Lippenstift aus und schrieb etwas auf den Spiegel. Ich weiß nicht mehr, was es war. Ich bleibe mit der vollen Windel in der Hand stehen und starre auf den frisch geputzten, makellosen Spiegel.

Eine halbe Stunde später fahren wir durch die erste Siedlung, deren größte Sehenswürdigkeit ein amerikanisches Pizza-Café ist und ein paar Statuen längst vergessener Männer, die über den Parkplatz schauen. Vor dem Café fahren wir an zwei jungen Mädchen auf einem scheppernden Fahrrad vorbei. Sie haben sich geschminkt. Mit ihren viel zu dünnen Beinen sehen sie wie junge Transvestiten aus. An der nächsten Ampel holen sie uns ein, und während wir auf Grün warten, werfen sie dem Jungen einen Luftkuss zu, neigen die Köpfe zur Seite und legen ihre Hände an die Scheibe. Sie übersehen mich ebenso souverän wie die Ampel und fallen mitten auf der Kreuzung beinahe um. Wir halten bei einem Kiosk an, und aus alter Gewohnheit kaufe ich zwei Postkarten, auch wenn mir niemand einfällt, dem ich sie schreiben könnte. Ich lese die Inschriften der Statuen und füge ein paar hinzu. Auf den Sockeln der Denkmäler klebt Taubenscheiße, und das Kind schläft in seinem Sitz. Als ich mich wieder ins Auto setze, verspüre auch ich plötzlich Lust zu schlafen, ruhig zu liegen, keine Entscheidungen zu treffen, Mutter zu fragen, was ich tun soll. Aber Ann ist nicht hier, und der Junge wird jeden Augenblick wach werden. Ich lasse den Motor an, und bald sind wir wieder unterwegs. Bauernhöfe huschen an den Fenstern vorbei, jeder auf seinem Hügel. Die Äcker sehen aus, als hätte jemand mit der Hand darüber gestrichen, während es langsam zu dämmern beginnt.

Wir fahren an Farben vorbei, die den Blick des Babys einfangen, der Regen, das Muster auf der Scheibe, es dreht sich in seinem Sitz, sucht mit zusammengekniffenen Augen das Licht. Ich habe wenig Zeit zum Nachdenken. Immer gibt es etwas, was gerade getan werden soll. Schließlich entscheide ich mich für eine Stadt, das habe ich immer gerne so gemacht, ich suche mir eine Stadt aus und halte erst wieder an, wenn ich da bin. Jetzt ist es anders, ich muss ständig anhalten, Windeln wechseln, Babybrei kaufen, den ich unterwegs in einem Schnellrestaurant aufgewärmt bekomme. Dieser Ort ist wie jede andere Stadt, doch ich habe Glück und finde eine Pension. Sie haben nichts gegen Kinder, bewundern stattdessen den Kleinen in seinem Körbchen und wollen wissen, wie er heißt, wem er ähnlich sieht und wo sein Vater ist. »Er kommt nach«, lüge ich. Jeder merkt, dass es nicht stimmt, aber ich bin zu müde, um gut zu lügen. Das Bett in der Pension ist zu weich, das Kind verschwindet fast in der Matratze. Ich lege es auf meine Brust und betrachte die runden Stuckformationen an der Decke; der Rand ist schlecht zu erkennen, das sind keine Blumen, eher Figuren in obszönen Stellungen. Kopulierende Cherubine. Eine von Michaels Lieblingsvorstellungen. Ich versuche, nicht zu lachen, doch es gelingt mir nicht. Und dann ist der Junge wieder wach. Er hat durch die Windel auf meine Brust gepinkelt.

Bei McDonalds treffe ich ein Mädchen, das sich als Babysitterin anbietet. Sie hat einen süßen Dialekt und lächelt den Jungen an, der ihren Daumen nicht mehr loslassen will. Ich glaube nicht wirklich dran, dass sie kommt, doch um Punkt acht am gleichen Abend steht sie vor der Tür.

Ich erkläre ihr, wie ich alles mache, wie ich die Temperatur des Milchfläschchens am Handrücken teste, und wie ich die Windel überprüfe.

»Ich habe eine kleine Schwester«, sagt sie mit ihrem charmanten schwedischen Tonfall. Als ich gehe, stehen sie gemeinsam am Fenster, sie hält den schlafenden Jungen hinter der Scheibe hoch und winkt langsam mit seiner geballten kleinen Faust.

Ich gehe in den Rockclub mitten in der Stadt. Die Freiheit ist beinahe paralysierend, ich hole mir ein Bier und stelle das Glas auf eine runde Platte, die einen Tisch darstellen soll. An der Wand steht ein hübscher, blonder Kerl, der mir zunickt und sein Glas hebt. Kurz darauf kommt er an meinen Tisch.

»Wo willst du denn hin?«

Ich schüttle den Kopf. »Nirgends.«

Er wartet eine Weile. »Du siehst aus wie eine Mutter.«

Ich sehe ihn an. Er hat es nicht gesagt, er hat nichts gesagt. Er winkt einem Bekannten in der Menge zu. Keiner hat etwas gesagt. Es ist mein Kopf, der anfängt, moralische Bedenken zu äußern.

»Ich heiße Niclas«, sagt er, »Nico.«

»Mona«, sage ich.

»Verdammt nein«, sagt er, »erzähl mir nicht, dass du Mona heißt.«

Das macht nichts. Es ist lange her, dass ich zuletzt gelacht habe. Wo mein Mund war, muss ein Strich sein. Nico. Mutter hätte den Kopf geschüttelt. Es ist mir scheißegal, was Mutter getan hätte.

Es ist still auf der Treppe. Die Frau im Zimmer über uns hat die Schuhe vor die Tür gestellt. Hohe Absätze und Schleifchen auf dem Spann. Jedes Mal, wenn ich an der Tür vorbeigehe, höre ich, dass sie dort drinnen herumschlurft. Es ist eine Deutsche, die mit Gebetsbüchern unterwegs ist. Am Frühstückstisch im Speisesaal hat sie mir eines geschenkt. »Du wirst ein Gebet finden«, hat sie mir versichert, »ein Gebet, das genau zu dir passt.«

Aber ich habe da meine Zweifel. Doch ich bringe es nicht übers Herz, das Buch zurückzugeben.

Die Tür zu meinem Zimmer ist nicht verschlossen. Ich kann mich nicht daran erinnern, ob ich das Mädchen gebeten habe, abzuschließen. Ich frage mich, wie ihre kleinen Schwestern aussehen.

»Hallo?«, sage ich in den leeren Raum hinein. Er ist verlassen. Die abblätternde Farbe an der Wand grinst mich an. Ich weiß es im gleichen Augenblick – sie hat mir das Kind genommen, hat sich in einen gestohlenen Ford ohne Kindersitz gesetzt und ist jetzt mit ihrem Junkiefreund auf dem Weg nach Stockholm, wo sie das Kind auf dem internationalen Organmarkt verkaufen. Er hat ein Messer in der Hosentasche, und der Kleine hat weder Essen noch eine frische Windel bekommen. Verzweifelt umklammert er die schmutzigen Finger des Mädchens und versucht, sie in den Mund zu stecken. Ich stolpere über einen Stuhl und falle über meinen Koffer. Leer. Keine Kleider, kein Geld. Weder Scheckheft noch Pass.

Er liegt auf dem Bett. Die Decke ordentlich um ihn gelegt, so dass er nicht von der Matratze rollen kann. Er hat nur eine Windel an, doch sein kleiner Körper ist zur Hälfte von einer dünnen Decke bedeckt. Auf der Stirn sind die Spuren von Lippenstift zu erkennen. Er sieht an die Decke, eine dünne Staubspirale dreht sich im Kreis. Seine Augen sind zwei schwarze Pflaumen, sie lächeln.

Nico wohnt in einem Haus, das er selbst renoviert hat, er hat ein Tonstudio im Keller und einen eigenen Garten. »Ich hätte wissen müssen, dass du ein Kind hast«, sagt er. »Du hast einfach zu frei gewirkt.«

Er hilft mir mit dem Kinderwagen ins Haus.

»Ich brauche ein Dach über dem Kopf«, sage ich, »nur für ein paar Tage, die Babysitterin ist mit meinen Wertsachen abgehauen. Nur ein paar Tage. Bis sich alles geklärt hat, bis meine Mutter mir ein bisschen Geld geschickt hat.«

Er zögert ein wenig, doch er scheint nicht abgeneigt.

»Wie heißt er?«

Er nickt in Richtung des Kindes.

»Das Baby, der Junge, er hat keinen Namen.«

»Du hast sie doch wohl nicht alle! Der Zwerg muss doch 'nen Namen haben!«

Er drückt einen Finger in den Bauch des Kleinen, der die Beine anzieht und einen Furz lässt.

»Jo«, sagt er, »Jo – so heißt mein Opa. Er soll Jo heißen.«

Ich schreibe eine Karte an Mutter. Gehe zu dem Kartengestell vor dem Kiosk am Bahnhof. Auf der Vorderseite ist ein Foto von einem traurig aussehenden Baby, *wir brauchen Geld*, schreibe ich, und erst dann bemerke ich, dass ich *wir* geschrieben habe. Es sieht merkwürdig aus, ich füge Nicos Adresse an und klebe die Briefmarke verkehrt herum auf die Karte.

Nico läuft mit dem Kind im Zimmer herum. Es ist vier Uhr nachts, er singt, ich singe nie, ich mag meine eigene Stimme nicht hören, außerdem kenne ich keine Lieder, doch Nico behauptet, das macht man so.

»Warum schläft er nicht? Dieses Kind schläft ja nie.«

»Das ist meine Schuld«, sage ich. »Leg ihn in sein Körbchen.«

Das Kind mit dem Namen Jo liegt im Körbchen, den Teddy auf dem Gesicht. Er strampelt unter der weichen Wärme, und als ich den Kuschelbär wegnehme, lacht er laut und deutlich wie eine Glocke oder ein Luftballon, der durchs Zimmer schnellt und dabei seine Luft verliert.

Ich hänge fest. Komme weder vor noch zurück. Wenn ich morgens aufwache, zieht es mich ins Auto, dann will ich weiter und das Kind bei Nico lassen, der ohne Zweifel eine bessere Mutter wäre als ich; er würde ein nettes Mädchen aus der Nachbarschaft heiraten, das ihn gesehen hat, wie er mit dem hübschen Kind spazieren geht – sie sind ein unschlagbares Paar, der große und der kleine Mann. Sie würden in eine Doppelhaushälfte ziehen, dem Kind Gitarrespielen beibringen und die Sozialdemokraten wählen, während ich durch Europa tingele und ihnen und Mutter Karten schreibe.

Ich denke an alte Tage. Die erste Zeit mit Adrian. In Berlin verschleuderten wir das Geld, das Adrians Vater ihm jeden Monat schickte. Der erste Sommer war heiß, flirrende Hitze mitten am Tag. Wir wohnten bei einem Kumpel von Adrian, Conrad. Tagsüber gingen wir selten raus, wir hielten uns in Conrads Dachwohnung in der elterlichen Villa auf. Sie waren in Mexiko und gaben ihr Geld aus, wir bestellten Essen beim Chinesen und ließen uns jeden zweiten Tag Lebensmittel liefern. Nachmittags schnieften wir ein paar Streifen weißes Pulver; es war wie unter einer enormen Eisscholle herumzutreiben. Manchmal aßen wir unten in der Stadt Sushi oder wir fuhren zu einem der Seen; saßen in Conrads Auto, die Klimaanlage voll aufgedreht und tranken, Conrad, Felix und Adrian sprachen über die Schulzeit und darüber, wo es am besten war. Sie waren sich nie einig. Conrad trug immer das gleiche T-Shirt mit der schwarzen Aufschrift: *Drummers do it banging.* Die leichte Art, seine Tage zu verleben, nannte Adrian das. Zeit verschwenden, würde Ann sagen. Am Abend zogen wir Streichhölzer und bestimmten so, wo wir hingingen. Adrian kannte alle Türsteher. Wir gingen in die Turbine, ins Zwielicht und manchmal ins Blue Note, wo die Mädchen mit den teuersten Autos waren. Einige der Mädchen kamen anschließend mit zu Conrad. Wir koksten, sahen Videos oder lagen einfach nur auf Conrads riesigem Wasserbett. Die Mädchen waren immer schnell high – manche lagen, alle viere von sich gestreckt, auf dem Boden und sagten Zeugs wie: *Ich bin eine Rakete, die in vier Sekunden startet.* Doch manchmal sah ich später auch ihre Gesichter, wenn sie schliefen – und dann sahen sie immer ganz anders aus als die Mädchen auf den Tanzflächen der Clubs, die zu viele dieser Geschichten erzählten, die sie aus Büchern und Filmen geklaut hatten. Die neuen Gesichter, die sie im Schlaf aufsetzten, ließen mich oft an ein Bild von Marc Chagall denken; das Bild der zwei Liebenden, die über der Stadt schweben. Ihr Schlaf wirkte so unschuldig im Vergleich zu all dem anderen, was sie taten. Ich konnte sie mir vorstellen, über der Stadt schwebend, über Berlin, mit einem alten Geliebten. Ihre harten, streng geschminkten Gesichter verwischten sich wie auf Glas gemalte Bilder. Zurück blieb bloß das etwas zu alte Kind. Felix weckte uns in der Regel, indem er mit dem Gartenschlauch durch das Fenster zu uns hereinspritzte, es war wie in einem kleinen Wasserfall zu stehen, das tat gut in der Wärme, doch die Mädchen waren immer sauer. Sie saßen auf Conrads Bett, zogen lange, dünne Strümpfe an und schüttelten die nassen Haare vor dem Gesicht. Sie rauchten meistens ziemlich viel, diese Mädchen, und trugen kleine Spiegel mit sich. In die schauten sie immer, um sich zu vergewissern, dass die gemalten Gesichter saßen. Ich sah sie nie wieder. Wenn ich im Herbst durch die Stadt lief, waren sie wie vom Erdboden verschluckt, es gab andere Mädchen, nie aber die gleichen. Es war unmöglich zu sagen, wo sie geblieben waren.

Ich rühre den Babybrei an und mische die Folgemilch, Mutters Geld lässt auf sich warten, doch ich kann mir etwas von Nico leihen. Im Gegenzug gehe ich für ihn ans Telefon und sage, dass er nicht zu Hause sei, wenn seine Freundinnen anrufen.

An einem der nächsten Tage nehme ich den Kleinen mit in den Park in der Nähe, eine kleine Anlage mit Sandkasten, Schaukel und Wippe. Unmittelbar hinter dem Park liegt ein Neubaugebiet mit großen Blocks. Die Kinder im Sandkasten klopfen den Sand mit ihren kleinen Spaten fest. Ihre Mütter tauchen unablässig an den Fenstern der Blocks auf, rufen irgendetwas und ziehen sich wieder zurück. Andere Mütter sitzen auf den Bänken, die um den Spielplatz herumstehen, sie rauchen, lesen Journale oder unterhalten sich. Ich setze mich daneben und hoffe, Teil ihrer Gesellschaft zu werden, das Kind ist im Tragesack eingeschlafen. Die Mütter bemerken mich nicht. Sie machen leise mit ihren Beschäftigungen weiter und scheinen den ganzen Tag nirgendwohin zu müssen. Sie sitzen auf den Bänken und stehen bloß einmal auf, um ein weinendes Kind aufzuheben oder um sich den Sand von den Kleidern zu klopfen. Einige Jungs haben den Sandkasten zu Gunsten einer großen Pappkiste verlassen, die auf dem Gras liegt. Sie krabbeln eine ganze Weile hinein und heraus und dann springen sie darauf herum, bis die Kiste flach und besiegt im Gras liegt und sie ihre Aufmerksamkeit wieder auf etwas anderes richten können. Einige der Mütter sehen auf. Ich frage mich, ob sie auch morgen hier sind, wenn ich noch einmal komme. Wenn es regnet, tragen sie die Bänke vielleicht unter den Vorsprung des Gartenhäuschens, das ein wenig entfernt steht, und im Winter zieht es sie in ihre Wohnungen. Doch auch dann werden sie wohl mit der gleichen Haltung dasitzen wie zuvor; rauchend und lesend, während die Kinder die Filter ihrer Kippen fressen, Teller umschmeißen und die Hände aus den Fenstern recken, um die kleinen Miniautos unten auf der Straße zu fassen zu bekommen. Die Frauen auf den Bänken stricken kleine Pullover mit Herzchen auf den Vorderteilen, sehen nach den Männern, die in ihren Autos von der Arbeit zurückkommen, und schimpfen die Kinder aus, als sei nichts geschehen. Es ist Schwindel erregend, grauenvoll. Rasch stehe ich von der Bank auf und gehe.

Nico sagt, ich riefe im Schlaf. Ich wage nicht zu fragen, was ich im Schlaf von mir gebe.

Wir machen Nachmittagsspaziergänge durch den Park und stehen auf einer Brücke, zählen die Autos, die unter uns hindurchfahren. Nico schiebt den Kinderwagen, schubst ihn weg und fängt ihn wieder ein, und die Passanten beugen sich darüber, heben die Berge von Decken an, legen den Kopf zur Seite und reden besorgt auf den Kleinen ein. Nico antwortet ihnen, ihm mache das Spaß, er habe vor nichts Angst, und wenn doch, dann verberge er das gut. Manchmal fahren wir nachts einfach mit dem Auto herum, um den Kleinen zum Schlafen zu bringen. Wir sprechen leise, um ihn nicht zu stören, Nico erzählt von seinem Bruder, der seit Jahren verschwunden ist. »Nahm einfach irgendwann ein Flugzeug und verschwand. Spurlos.«

Er erzählt, dass sie ihn jahrelang gesucht hätten, seine Eltern seien um die ganze Welt gereist.

»Ich habe immer geträumt, ich wäre mein Bruder; und

einmal kam er mir in einem Traum auf der Straße entgegen, nahm meinen Arm und sagte: wo, zum Teufel, bist du die ganze Zeit gewesen? Er war es, ganz sicher, und ich antwortete: Aber ich bin doch nicht weg gewesen. Das warst doch du. Trotzdem sagte mir irgendetwas, dass er Recht hatte.«

Wir legen den Jungen auf eine Decke mitten im Wohnzimmer, kitzeln ihn, bis er lacht und Nico knipst ihn. Er macht auch ein Foto von mir und dem Kind; ich trage Nicos Hut und habe mir das Kind auf die Schulter gesetzt. Zum Schluss machen wir mit dem Selbstauslöser ein Bild von uns dreien. Die Kirchenglocken läuten, es ist Sonntag, die Plastikmuscheln an der Rassel über dem Körbchen rasseln leise und Nico sieht mich an, als ich mich umdrehe. »Wer ist Michael?«, fragt er langsam.

Er steht an meinem Bett, jetzt ist er größer, höhergewachsen als zuvor. Eine seiner Hände hält mich. Ich habe Lust auf ihn. Vielleicht ist es das erste Mal seit langem, dass ich Lust habe. Doch wenn ich an den Riss zwischen meinen Beinen denke, verliere ich den Mut. Wir bleiben eine Weile Seite an Seite liegen, ehe wir uns vorsichtig zu berühren beginnen. Es tut nicht weh, aber ich muss an Mutter denken. Oft, wenn ich mit jemandem schlafe, habe ich das Gefühl, dass Mutter irgendwo wach liegt und weiß, was ich tue. Telepathie. Sie wendet sich voller Abscheu ab. Es ist ein zwanghafter Gedanke, den ich nicht loswerde, auch wenn ich weiß, dass das lächerlich ist. Ich weiß nicht, ob er es bemerkt, er fragt jedenfalls nicht nach. Erst als wir fertig sind, sagt er etwas. Er fragt, ob ich bleiben will, wenigstens eine Weile, in seinem Haus.

Ich sage, ich weiß es nicht.

»Du hast kein Geld mehr, oder?«

»Nein, ich habe kein Geld.«

Er beugt sich über mich.

»Aber du hast dein Auto«, sagt er.

Der Junge dreht sich in seinem Körbchen. Ich lausche, ob er noch gleichmäßig atmet. Manchmal stockt sein Atem einen Moment, und dann bleibt auch mir die Luft weg. Es dauert eine Weile, ehe wir beide wieder ausatmen.

»Ja«, sage ich, »ich habe das Auto.«

Ich rufe Mutter aus einer Telefonzelle an einer stark befahrenen Straße an. Ich tue das absichtlich. Dann kann ich immer behaupten, sie nicht verstanden zu haben. Ich staple meine Münzen oben auf dem Telefon und wähle die alte Nummer; sofort nimmt sie ab, als hätte sie neben dem Telefon gesessen und gewartet.

»Ich musste das Auto verkaufen«, sage ich, »wir kommen nach Hause.« Sie bekommt keine Zeit zu antworten, die letzten Münzen sind weg, und das regelmäßige, drängende Piepen übertönt ihre Worte und teilt uns mit, dass das Gespräch vorüber ist.

Eines Morgens küsse ich Nico, während er schläft, ich habe alles gepackt, doch es braucht Zeit, den Jungen anzuziehen, und ehe es mir gelingt, fortzugehen, kommt er aus dem Zimmer. Er gähnt und versteckt seinen Kopf hinter der Lehne des Küchenstuhles, was der Kleine mit einem erwartungsvollen Jauchzen und wildem Lachen beantwortet.

»Ich schaffe keine schnellen Abgänge mehr«, sage ich.

Er grinst. »Pass auf deinen kleinen Kerl auf«, sagt er, »ich komme euch sicher irgendwann besuchen.«

»Ja«, antworte ich, »sicher.«

Wir werden uns nicht wiedersehen, doch das macht nichts.

Der Bus holpert davon, meine Arme und mein Rücken

schmerzen, und der Kleine kotzt auf den Boden. Ich versuche, das Erbrochene mit einer Papierserviette wegzuwischen, doch der Gestank wird uns auf der ganzen Reise begleiten. Die anderen Passagiere sehen uns bei dem Geschrei vielsagend an, und ein älteres Ehepaar setzt sich weiter nach hinten in den Bus. Ich sehe aus dem Fenster und stopfe dem Kleinen das Fläschchen zwischen die Lippen. An einem Zaun steht ein Mädchen in großen Stiefeln und winkt uns zu, ich erwidere ihr Winken und hoffe, dass sie es sieht. Ich brauche einen Freund, ich hätte Nico bitten sollen, mitzukommen, dann bräuchte ich Mutter nicht alleine entgegentreten. Plötzlich fehlt er mir. Aus den Pfützen spritzt braunes Wasser an die Scheiben, der Schnee ist längst geschmolzen, bald wird es Sommer, und ich bin wieder auf dem Weg nach Hause, dorthin, wo nichts geschieht.

Mutter holt uns am Bahnhof ab. Sie trägt ihren alten Sommermantel und ihr Blick wandert suchend über die Passagiere vor uns, ich erkenne sie durch das Fenster, ehe sie mich wahrnimmt. Sie wirkt schüchtern und hält das Kind hoch, um es genau anzusehen. »Er ist so schön geworden«, sagt sie und fügt dann hinzu: »Ich bin froh, dass ihr hier seid.«

Doch sie weicht meinem Blick aus, streicht sich nervös über die Wangen. Sie fragt, wie die Reise war und geht vor uns her mit dem Gepäck zum Auto. Im Auto auf dem Weg zum Haus erzählt sie, dass Lillian geheiratet hat, sie hätten sich entschlossen, einen Hund zu adoptieren. Victor ist weggezogen. Sie hat eine unleserliche Adresse auf einem Zettel zurückgelassen. »Typisch Victor.«

Sie lacht unsicher.

Das Kind lacht und streckt Ann die Arme entgegen. Dann klatscht der Kleine mit seinen Handflächen gegen die Autoscheiben. Die Abdrücke sind auf dem Glas zu sehen, und das laute Klatschen ist eine neue Überraschung, die ihn erschreckt seine Hände bestaunen lässt.

»Ich bin froh, dass ihr hier seid«, sagt sie noch einmal.

Sie hat mein altes Zimmer gestrichen, es wirkt heller, das Fenster ist geöffnet, und ich blicke auf die Pinnwand über dem Schreibtisch, doch das Bild von Michael hängt nicht mehr dort. Ich versuche es zu übersehen. Unten im Wohnzimmer hat sie den Tisch gedeckt. Sie hat einen Kuchen gekauft und Obst. Wir essen, der Kleine sitzt, von Kissen gestützt, dabei und schmiert eine Banane ins Sofa, steckt sich etwas in den Mund, verfehlt ihn dann beim zweiten Versuch, und Mutter holt einen Lappen.

»Wirst du zu ihm zurückkehren?«, fragt sie plötzlich.

»Zu wem?«, frage ich, doch ich weiß, wen sie meint. Ich will, dass sie es sagt, ich will es ihr nicht einfach machen.

»Nein, das war nicht so etwas …«

»Das wird nie *so etwas,* wenn du immer fortläufst«, sagt sie und sieht auf den Lappen hinunter, knetet ihn mit den Händen. Der Junge stopft sich die ganze Banane in den Mund. Seine Wangen beulen sich aus.

»Ich verkrafte diese Stille nicht, Marie.«

Ich hebe ihn hoch und fische ihm die Banane aus dem Mund.

»Das muss in Zukunft anders werden«, fährt sie fort.

»Lass uns einen Tag nach dem anderen angehen«, sage ich, »lass uns Zeit.«

Sie dreht sich um und geht in die Küche, macht lange, entschlossene Schritte. Ihre Schuhe haben vernünftige Absätze. Ann trippelt nicht, sie schreitet, doch es ist etwas mit ihrem Rücken, etwas, das alte Frauen kennzeichnet, die lange allein waren, und viel Zeit darauf verwendet haben, Lappen auszuwringen und auf Postkarten zu warten, die nicht kommen.

Abends lege ich den Jungen in mein altes Kinderbett, singe schüchtern ein paar Verse von *Lady Madonna,* während er die Decke wegstrampelt. Schließlich schließen sich seine Augen, die Lider zucken, und er bewegt den Kopf im Schlaf. Ich bleibe im Dunkel vor seinem Bett sitzen, bis er gleichmäßig atmet, decke ihn wieder zu, beuge mich über ihn und spüre seinen Atem auf der Haut. Mutter ist hereingekommen, sie steht dicht hinter mir, und einen Moment lang spüre ich meinen Ellbogen an ihrer Brust. Ich weiß noch, wie ich als Kind Angst vor der Dunkelheit hatte und sie zu mir kam und dem Spuk ein Ende machte, indem sie das Licht einschaltete und sagte, *es ist doch alles in Ordnung, Marie, ich bin hier, wovor hast du denn Angst.* Anschließend, wenn sie wieder gegangen war, spürte ich noch immer den sanften Druck ihrer Hand auf meiner Stirn. Ich ziehe meinen Arm rasch zurück.

Auf Michaels Beerdigung stand sie etwas abseits, sie kannte niemanden in der Trauergesellschaft, weder seine alten Freunde in den viel zu großen, geliehenen Anzügen, noch den Lehrer, der ihn in seinem letzten Jahr am Gymnasium unterrichtet hatte. Ann war etwas zu elegant gekleidet, trug ein etwas zu selbstsicheres Kleid; sie sah mich bittend an, doch ich schaute in eine andere Richtung. Ich hatte keine Lust, ihr zu helfen, ich wollte niemandem helfen. Ich sprach mit dem Lehrer. Die tiefe Stimme und der breite Mittelscheitel, er redete, während ich auf seinen glänzenden, weißen Schädel starrte, der dort zum Vorschein kam, wo der Scheitel den Kopf teilte. Auch das Karma-Mädchen war da, sie weinte die ganze Zeit. »Ich habe ihn eines morgens angerufen. Sein Bruder ging ans Telefon, und ich sagte, ich wisse es. Er brauchte nichts zu sagen. Ich wusste ganz einfach, dass etwas geschehen war.«

Sie gab mir einen winzigen, indianischen Vogelschmuck

mit einer rostigen Kette, ein Zeichen der Freundschaft, sagte sie. Das Metall lag nass und klamm in meiner Hand. Sie fragte mich, ob ich mir irgendwann einmal gewünscht hätte, das Gleiche getan zu haben wie er, ihr Gesicht war blank und offen, erregte Augen und warmer Atem. Ich stopfte den Schmuck in eine Vase, als ich wieder zu Hause war. Draußen im Garten waren kleine Tische mit Essen und alkoholfreiem Wein aufgestellt worden. Ich sprach mit Michaels Vater, er kam zu mir und nahm meine Hand. »Es tut mir Leid, dass sie hier ist«, sagte er und deutete mit dem Kopf leicht zu dem Karma-Mädchen hin, »das ist nicht richtig.« Ich sah zu Michaels Mutter hinüber, ihre Knie waren gebeugt, sie streckte eine Hand aus, als wolle sie etwas vom Boden aufheben, und blieb in dieser Stellung, bis Kato kam, ihr die Hände auf die Schulter legte und ihr wieder hoch half. Sie war mir den ganzen Tag aus dem Weg gegangen.

»Das macht nichts«, sage ich.

Michaels Vater wartete. Er nahm meine Hand, ich spürte das nicht einmal, seine Hand lag einen Augenblick lang kraftlos in der meinen, es fühlte sich nicht wie Haut an, sein Gesicht lag im Schatten. Wir waren gleich groß. Ich hatte das Gefühl, dass er mir etwas sagen oder etwas von mir hören wollte, aber da war nichts, die Sonne ging unter und die Gäste streckten ihre Hände aus, blickten in ihre Gläser und dann zum Himmel. Schnittchen wurden aufgetragen und Michaels Vater bemühte sich, einen alten Regenschirm zu öffnen.

»Das Auto hat er gemocht«, sagte er plötzlich, »nicht wahr, das Auto hat er gemocht?«

Ich sah, wie Mutter ihre nassen Haare schüttelte, als sie die Gartentreppe emporstieg. Auf der obersten Stufe drehte sie sich um. Michaels schwarz gekleideter Vater hatte endlich den Regenschirm aufgespannt, doch er hielt ihn nicht über sich, er reichte ihn mir. Enttäuscht sah er mich an, als ich ihn nicht nehmen wollte.

»Doch«, sagte ich, »das hat er gemocht.«

»Das war eine schreckliche Veranstaltung«, sagte Mutter anschließend auf dem Rückweg. Sie hatte sich meinen Pullover über ihre nassen Schultern gelegt. In einem Ärmel war ein Loch. »Diese gedrückte Stimmung, alles einfach.«

Sie zog an den Ärmeln des Pullovers, bis er ihren Hals wie ein Schal umgab. Ich dachte an das Loch. Es war in den Pullover gekommen, als ich es mit Michael getrieben und er meine Hände mit dem Pullover gefesselt hatte. Ich fragte mich, ob ich ihr das sagen sollte.

»Aber das Schlimmste war *er*.«

Eine bekümmerte Stimme. »Dieser arme Mann. Dazusitzen und zu wissen, dass alle wussten, dass ihm diese Waffe gehörte, die an allem Schuld … Marie?«

Ich nickte. Sie schwieg und fuhr noch eine Weile weiter, ehe sie in einen Seitenweg einbog, das Auto anhielt, mich an der Schulter packte und leicht schüttelte. »Warum redest du nicht mit mir? Ich bin nicht blöd. Man kann mit mir sprechen. Warum sagst du nichts? Du bringst mich dazu, mich wie eine Idiotin zu fühlen, so ohne jede Resonanz vor mich hinzuschwatzen.«

Mitten in der Walachei, Mutter und ich, der Regen rinnt über die Scheibe, sie lässt den Scheibenwischer an, setzt das Auto zurück und schießt zu schnell über den glatten Asphalt. Einen Augenblick lang hätte es schief gehen können, doch keiner von uns kümmerte sich darum. Tramper stehen am Weg, klitschnass, sollen sie doch da stehen, wir werden sie nicht mitnehmen. Nichts kann vergeben werden.

Gemeinsam stehen wir im Dunkeln am Bett, wir haben uns vollkommen und unerträglich perfekt verhalten, doch jetzt geht es einfach nicht mehr weiter, eine Weile vergeht, sie öffnet den Mund und spricht etwas in meinen Nacken. Dann schweigt sie wieder, tritt zurück und verschwindet durch die Tür. Sie schließt sie leise hinter sich. *Ich dachte, es wäre einfacher, Marie.*

Wie ein Atem.

Auf einer Autotour, die wir in jenem Sommer unternahmen: Michaels Eltern, der Bruder, Michael und ich. Auf dem Festland hatte es auf der Landstraße einen Unfall gegeben. Jemand hatte ein Pferd überfahren. Ein schwer atmendes Tier lag am Straßenrand, als wir vorbeifuhren. Sie hatten eine Decke über den großen Kopf gelegt. Das Blut auf dem Asphalt war beinahe braun. Michaels Vater fuhr. Er sprach mit Michaels Bruder über Vor- und Nachteile der verschiedenen Reiseversicherungen. Die Mutter goss Kaffee aus der Thermoskanne in kleine Pappbecher.

Ich folgte Michaels Blick und sah, was draußen auf der Straße vor sich ging. Der Vater fuhr langsamer und wurde von einem Typ in einem metallfarbenen Overall weitergewunken. Sie grüßten beide mit zwei nach oben gereckten Fingern, als wir vorbeifuhren. Michaels Mutter bot uns Lutschbonbons an und erzählte eine lustige Geschichte. Alle lächelten. Bis wir den Schuss hörten – hinter uns. Ganz deutlich. Ein Schuss aus einer Schrotflinte oder einem größeren Gewehr. Danach lächelten wir nicht mehr.

Michaels Vater und Kato sprachen jetzt über das Auto.

»Was, glaubst du, ist mit dem Pferd geschehen?«, fragte Michael.

Die Mutter schraubte den Deckel auf die Thermoskanne und stellte sie zurück in die Tasche.

»Sie haben es erschossen …«

»Es fühlte sicher keinen Schmerz«, unterbrach sie der Vater. »Es war schon betäubt.«

»Woher weißt du das«, fragte Michael.

Wir saßen eine Weile still da. Ich starrte nach draußen auf die Straße und spürte, wie mir schwindelig wurde. Michaels Mutter bot noch einmal die Bonbons an. »Willst du, dass ich fahre?«, fragte Kato seinen Vater.

»Nein, es geht gut. Der Weg ist ja ganz gerade. Ich mag gerade Straßen. Und mit diesem Auto ist das einfach. Keine Last mit dem Schalten. Ich mag einfache Sachen.«

»Je einfacher, desto besser«, sagte die Mutter. Sie hatte die Thermoskanne wieder hervorgeholt und drehte noch einmal an dem Schraubverschluss, um zu überprüfen, ob er auch wirklich fest saß.

»Halleluja. Credo in unum Deum«, sagte Michael, er lehnte seinen Kopf an meine Schulter, und ich versuchte zu vergessen, wo ich war. Der warme, kratzige Stoff seines Pullovers, ein stacheliges Muster unter meinen Fingern. Ich schloss meine Augen, doch nichts verschwand.

Wir fahren hinunter ans Meer. Es ist ein blauer Tag. Alles ist blau; der Weg, die Bäume, die Steine am Strand, ja sogar Michaels Haare. Die anderen laufen zum Wasser hinunter. Michaels Mutter zieht die Schuhe aus und winkt uns zu, wir sollen kommen, lächelnd mit einer Kamera in der Hand. Michael macht das Radio an. Er sagt, es gebe Menschen, die behaupten, wir alle würden irgendwann wieder ins Meer gehen, wenn der Erdball von Wasser bedeckt ist, werden wir Meeraffen werden. Ich beobachte Michaels Mutter, sie watet auf dünnen Beinen durch das Wasser und macht noch ein unscharfes Foto für das Familienalbum. Auch das blau. Ich sage Michael, dass er der Einzige ist, bei dem ich komme. Ich drehe das Fenster nach unten. Kein Wind. Alles still. Nur eine blaue Melodie im Autoradio, die noch lange danach durch meinen

Kopf schwirrt. Ich weiß, dass er sich von mir entfernt, doch ich spüre es noch nicht. Wir sitzen einfach da. Die Hölle ist ein Ort, an dem alles ganz langsam vor sich geht, *doch an diesem Tag ist alles blau und still. Michael und ich; fast glaube ich, wir bleiben dort in diesem Auto sitzen, bis das Meer zu steigen beginnt.*